Mimina

Katibu pa Kuantu Tempu mas?

Luisette Kraal RN, B.TH, MSN

edikashon:

E buki aki ta dediká na Sila Kelie, Papa Bubu Melfor Suzanna Fransiska i Mimina (Katibu di Boneiru)

Sila Kelie (Mai Sila) a kria mi hopi aña i e buki aki ta dediká kompletamente n'e pa su amor p'ami. El a siña mi kon ta mata galiña, kuida mata i kushiná kuminda krioyo.

Papa Bubu, di Banda Bou, tabata manera un tawela pa mi i el a konta mi mashá kos di pasado. Su mayornan a kont'é di tempu di katibu. Hopi di loke ta skibí aki ta kosnan ku el a konta mi personalmente.

Suzanna Fransiska (Tanchi Chu) ta un di mi welanan ku a kuida mi hopi den mi bida. Dia ku el a bai sosegá i mi tabata atendiendo su papelnan ofisial mi a ripará ku el a nase na 1913. Esaki ta nifiká ku e la nase djis 49 aña despues di abolishon! Esta su wela o bisa wela mester tabata katibu òf por lo ménos a biba den tempu di sklabitut!

Dje serka ei sklabitut ta di nos?

E buki aki ta skibí pa yuda nos komprondé nos historia di sklabitut mas mihó. Tur fecha i datonan den e buki aki ta histórikamente korekto. E personahenan di e 5 muhénan i nan shonnan ta kompletamente fiktivo.

Na Boneiru tabatin un katibu muhé Mimina ku a hui bai Venezuela i a traha den Kòkou. Ta di dje mi a fia e nòmber Mimina. Asin'aki e tambe por haña honor pa e kurashi ku el a demonstrá e tempu ei. Espesialmente mi ke animá tur hende yòn pa lesa e buki aki ku un aktitut di siña nos historia sin laga rabia drenta boso kurason.

Mimina Katibu pa Kuantu Tempu mas?

Danki

Mi a tuma 8 luna pa studia i lesa hopi material tokante di sklabitut. Pero sin boso yudansa mi no por a logra.

Un danki di kurason pa mi amiga stimá Jenny Coffi ku semper ta kla pará pa yudami. Su arte ta bria den e buki aki. Jefka Alberto ku a aseptá di ta e "katibu" riba e kaft. Mi bon amiga di Texas Kim Himnant ku a pinta e kaft pa mi.

Un danki tambe na:

Dina Veeris ku su buki "Van Amandel tot Zjozjoli".

Lianne Leonora, historiadó ku a yuda mi editá e liña di historia.

Emma Van Delden pa lesa i yudami drecha Mimina.

Sylvia Varlack ku for di kuminsamentu a sostené mi.

Dennis Rafael ku su saber di historia i pa editá.

Ayshel Baromeo ku a editá pa mi.

Ginita Thomas ku a editá i yuda pensa titulo.

Arvela Campagnard, Carolina Nicolaas i Beulah Mercera pa yuda lesa i enkurashá mi pa sigui.

Elis Juliana i Pader Brenneker pa tur nan poesia i dichonan ku for di mucha a inspirá mi! Tur poesia i dicho den e buki aki ta bin di nan.

Un danki grandi ta bai na mi famia stimá. Mi kasá Ed Kraal i mi yunan, (ku i sin doló), Symar, Jadee, Timothy, Brayen i chikitin Jo-Hanna. Nan amor pa mi ta sostené mi.

anki na mi mama Diana Gerarda i mi suegra Vilma Kraal.

Tambe un danki di kurason pa NAAM i Lida Pandt ku a sabi di mira e importansha di e buki aki. Masha masha danki pa bosnan tur. Sin boso tur i hopi hende mas e buki aki no lo a bira realidat.

Persona Prinsipal

Mamawa:

Katibu, muhé di medisina. Na edat di 12 aña el a yega Kòrsou na 1775 riba un boto di katibu for di Afrika. Flaku, malu i chikí, el a keda biba na Kòrsou paso e no tabata balioso sufisiente pa bende ku Merka. Mamawa a yega Kòrsou ku dos atributo hopi intersante.
1. E tabata tin un fe grandi den Dios. Henter su famia a siña di Dios na Afrika ora un mishonero a bin nan pueblo i a kuminsá un iglesia. Ta su fe a sostené semper den su bida komo katibu.
2. Mamawa tabata yu di un hòmber di medisina na Afrika i e tabata práktika medisina ku yerba natural. Mamawa ta mama (di kriansa) di Mai Yeye, Wela di Sila, i Bisa wela di Chichi.

Mai Yeye:

Yu di kriansa di Mamawa. Katibu, kòki di shon, muhé di medisina i mama di Sila.

Sila:

Yu di Mai Yeye, muhé di medisina, kòki, sirbidó den kas di shon. Na edat yòn Mener Jan a abusá di dje i el a keda embarasá ku e yu muhé Chichi.

Chichi:	Yu di e katibu Sila i nan Shon, Mener Jan na Punda. Ora Chichi tabata tin dos luna di bida e famia a kambia di Shon i a bai sirbi Shon Pe i *Mefrou* Jo na Kunuku. Chichi tambe ta kòki, kria di kas, sirbidó na mesa, muhé di medisina i mama di Mimina.
Mimina:	Yu di Chichi i Mener Jacob (Un hòmber, bishitante di e Kunuku, ku a bin Kòrsou ku fakansi i a abusá di Chichi.)
Mener Jan:	Shon Hulandes ku hopi negoshi na Punda ku ta kasá ku *Mefrou* Victoria. El a abusá di Sila tempu Sila tabata katibu den su kas.
Victoria:	Kasá di Mener Jan. El a maltratá Sila ora el a haña sa ku su kasá tabata tin relashon íntimo ku Sila.
Shon Pe:	Shon Hudiu ku ta traha den su Kunuku na Plantashi Ronde Klip. Esaki ta e kas kaminda e muhénan a bai biba despues ku nan a logra skapa for di Mener Jan na Punda. Chichi a yega aki komo un bebi di dos luna. Shon Pe ta kasá ku *Mefrou* Jo. El a tuma Sila i su famia pasó e tabata tin mester di un hende pa kuida su mama, *Mefrou* Jana.
Jana:	Señora hende grandi ku ta susha kama, tin doló di wesu i ta biba serka su yu, Shon Pe. El a bira doño di Sila.

Mefrou Jo:

Kasá di Shon Pe i un *Mefrou* ku ke wòrdu sirbi bon sin ku e mester papia hopi. E tin un yu, Yùfrou Wilhelmina.

Wilhelmina:

Yu muhé di Shon Pe i *Mefrou* Jo. Despues ku Shon Pe i *Mefrou* Jo a bai biba na Hulanda nan yu muhé Wilhelmina ta bira *Mefrou*. Na kuminsamentu e tabata trata tur katibu seku i sin atenshon pero despues el a siña apresiá e trabounan ku nan ta hasi pe. E la pasa mitar di su bida na kama i Sila, Chichi i Mai Yeye tabata kuid'é.

Shon Moron:

Kasá di *Mefrou* Wilhelmina i Shon di tur katibu.

Mener Chris:

Yu hòmber di *Mefrou* Wilhelmina i Shon Moron. E ta bira doño di henter e Kunuku i tur katibu.

Yùfrou Miriam:

Yu muhé di *Mefrou* Wilhelmina i Shon Moron. *Mefrou* Elysabeth: Kasá di Mener Chris.

Kapítulo 1

Aña 1820; Kòrsou.

Chichi a stòp di laba paña un ratu pa e limpia sodó di su fren-ta. Esta kalor tabata hasi. El a wak den su bònder i a riparà ku e tabata kasi kla ku e pañanan grandi. El a hisa kara wak pariba. Na unda Mai Sila a keda? Semper e tabata yega pa wak si e trabou a bai bon i pa yuda Chichi kologá e pañanan grandi. Chichi a limpia su kara ku un tiki awa limpi pa baha e kalor un poko i a sigui laba paña. Ku smak el a kanta un kantika tanten e tabata bati e pañanan. El a frega nan i kologá nan na tranké.

Chichi su kurpa delegá i muskulá tabata bùk lanta kada bia sin niun problema. Su koló di chukulati tabata lombra den e solo di mainta. Su kabeinan, pretu, drat diki, trapi trapi tabata duru peñá den flèktu i mará riba su kabes bou di un pida paña blanku. Na su kurpa delegá e tabatin un par di lapi di sak'i maishi mará. Kalor tabata laga sodó basha for di su frenta te den su wowonan pretu i spièrtu. Su lepnan, bon formá tabata semper den un smail. Chichi a bolbe wak pariba.

Djis un ratu despues Mai Sila a kana yega purá purá. "Chichi...kon a bai? Mi a tarda un tiki pasó ma para yuda Mai Yeye ku e konfó. B'a kaba ku e pañanan? Laga mi wak."

"Mi a kologá e chikínan kaba Mai Sila, ta e grandinan so falta awor." Chichi a mustra su mama e pañanan i tabata lombra di orguyo ku e mes por e trabou asina bon awor. Mai Sila a kana wak e pañanan un pa un. Kada un ku tabata bon e tabata sakudí su kabes ku 'si'. Te ora e mira un ku ainda tabata sushi. "Chichi wak esaki. E ta sushi ainda. Kit'é...bo bolbe lab'é. Paga tinu mucha..., mi ke bo hasi e trabounan bon. Bo mester traha pa bo ta útil... Pa bo keda katibu di den kas... Niun *Mefrou* no ta bai aseptá un katibu muhé floho... Niun

Mefrou no ke un katibu ku ta traha kon ku ta i slòns. Mi ke pa bo siña tur kos ku bo welanan, Mamawa, Mai Yeye por."

"Si Mai Sila," Chichi a bisa su mama ku wowo abou anto rápido el a kita e paña ku a duna ofensa i lab'é di nobo. Den un rat'i ora mama i yu a kaba e trabou i nan a bai bèk den kushina di e plantashi grandi na 'Ronde Klip'.

"Chichi abo hasi e latrina aworakí promé ku bo bisti bo shimis di traha den kas. Anto ami ta yuda Mai Yeye kaba di kushiná. Mas aweró bo ta yuda mi limpia e kambernan ariba i pasa mòp."

Mai Yeye i Mai Sila a sende konfó for di mardugá pa nan pone nan weanan na kandela. Mai Yeye tabata pará ku kabes mará ta drai den su kuminda riba konfó. El a smor galiña.

"Mai Yeye mes a kue e galiña awe?" Chichi a puntra harí, pasó normal ta Chichi tabatin ku kore tras di e galiña i kue pa Mai Yeye. Tin bia Mai Yeye tabata para wak i hari kon e galiña tabata bula, bati su hala i purba skapa Chichi. Pero Chichi no tabata kèns. E sa bon bon kon ta kue galiña i e galiña ku no tabata pone webu mas, ta kla pa bai den wea serka Mai Yeye.

Chichi a bai hasi e latrina promé ku e bai den su kuarto patras di e Kas Grandi pa kambia paña. Eiden nan tur kuater hende muhé tabata biba. Chichi, ku su mama Mai Sila, su wela Mai Yeye i wela di su mama, Mamawa. Mai Sila tabata atendé tur trabou den kas grandi. Mai Yeye tabata kushiná i tabata un muhé di medisina i Mamawa tabata e muhé di medisina prinsipal di e plantashi, e tabata muchu grandi pa e hasi trabou di kas i e tabata atendé ku tur yerba i wak katibunan ku tabata malu pa trata nan. Chichi tabata esun di mas chikí den su famia i ta p'esei tur su mamanan tabata siñ'é e trabounan.

Chichi sa bon bon, ku e no por traha den Kas Grandi ku e lapinan mará na su kurpa. El a kue su úniko shimis kologá na un klabu i bistié. E shimis tabata un ku Mai Sila tabata usa pa e sirbi mesa aden pero awor e tabatin muchu mancha i Mai Yeye a ser'é pa Chichi a hañ'é pa e traha aden. E shimis tabata un tiki grandi ainda i e tabatin diferente buraku ku Mai Yeye a sera ku un otro koló di lapi. Un di e lapinan a kuminsá tòrnu i saka un buraku den e saya. Chichi a pasa man riba su saya i bisa, "Wèl mi no tin nodi di ta bon bistí pa mi yuda den kushina òf pa mòp e trapinan. Tòg nunka mi no ta mira nos shonnan. Semper ta patras di Kas Grandi mi ta keda." Asina el a konsolá su mes i kana bai den Kas Grandi pa kuminsá traha.

***

Ta ora e shonnan no ta na kas so Mai Yeye òf Mai Sila tabata laga Chichi drenta paden pa e yuda i pa e siña e trabou. Despues di hasi su trabounan pafó Mai Yeye a yama Chichi pa yud'é drecha kama den kuarto di *Mefrou* i Shon den Kas Grandi. Nèt ora nan tabata serka di kaba ku e kamber, nan a tende un hende ta subi trapi. Mai Yeye a kana bai wak ta ken i a top'é inesperadamente ku *Mefrou* ku a bin kas bèk mas trempan ku nan a pensa. *Mefrou* a keda wak Chichi straño. "Yeye ta ken e mucha aki den mi kamber ta? Bo sa bon bon ku mi no ke neger di kunuku den mi kas anto sigur no den mi kamber." El a bisa na tono haltu.

"Despensa *Mefrou*, e mucha aki no ta neger di kunuku. Ta Chichi, mi ñetu. Mi ta siñand'e pa e por sirbi den kas i kushina. Ya kaba e por laba tur paña su so, e por buska tur mata pa mi traha remedi i e ta mi man drechi pa mi kaba drecha kama rápido."

Mefrou a hala serka i wak Chichi den su kara.

Chichi tabata tembla i a keda para wowo abou. Sodó a kuminsá forma riba su frenta i su pianan tabata keda skùif bai bin.

"E ta flaku si, pero e ta parse ku e por bira un bon trahadó. Mi a lubidá mes ku e tambe tei." *Mefrou* a bisa.

Mai Yeye tambe tabata sodando pero el a sigui drecha e kama i a keda wak abou sin respondé. Asina nan kaba el a pidi *Mefrou* despensa i nan a sali e kamber. Promé ku e sera e porta *Mefrou* a bis'é; "Laga Chichi kuminsá yuda den kas i sirbi na mesa, mi ke wak kon e ta."

Mai Sila i Mai Yeye a preferá di tene Chichi skondí patras di kas, manera nan a hasi semper, pero nan mester a laga Chichi kuminsá traha den kas, manera *Mefrou* a pidi. Un katibu tabatin ku obedesé su shon. E no por ninga di hasi manera su shon bisa. Asina Mai Yeye i Mai Sila a kuminsá prepará Chichi pa sirbi den kas.

"Mai Yeye bo tin lapi di sak'i maishi ku bo a spar? Ya nos por kuminsá kose un bistí simpel i limpi pa Chichi por sirbi mesa." Sila a puntra su mama.

Mai Yeye a kue e saku i huntu nan a buska algun lapi ku por sirbi. Hopi anochi, despues di trabou di tur dia, Mai Yeye a sinta kose. Ora a bira muchu skur pa wak bon el a bisa, "Sila, bai den kushina anto trese algun di e belanan ku bo a traha i pone den bleki bieu. Asina mi por wak pa kaba e trabou aki."

Chichi no por a kita wowo for di e bistí. Su promé bistí. Nada segunda mano, pero un bistí kosé pa e so so. Chichi a keda wak e bistí te ora el a drumi i mainta e tabata buska e bistí pa wak promé ku e kuminsá traha. Dia e bistí a keda kla, Chichi no por a kere. Su mes bistí! Kontentu el a keda wak e bistí wardando ansioso pa e ora yega, pa e bistié.

Atardi... despues di baña... porfin, Chichi por a bisti su bistí pa e por bai ariba i yuda pone mesa pa Shon i *Mefrou* kome. Ora Shon Pe, yega kas atardi despues di traha den kunuku, nan tabatin ku sirbi e kuminda prinsipal di e dia ei. Chichi tabata sintié mashá hende grandi ku su shimis dèftu den komedor di *Mefrou* i Shon. Asina, ku 12 aña, Chichi a kuminsá sirbi mesa. El a hasi su bèst pa e por sirbi mas mihó posibel. E tabata kontentu ku Shon a pèrmití su mama kose un shimis pe.

Asina kontentu Chichi tabata ku e por a sirbi hende grandi na mesa ku e no a riparé ku *Mefrou* tabata opserv'é ku mashá atenshon. Sila a traha lihé ku kara stret sin laga ripará su emoshonnan. Ora el a kaba di sirbi el a hasi seña ku su yu pa nan bai para na porta warda pa wak ki ora nan mester yena awa òf saka mas kuminda. Sila a keda frega su mannan i pasa man na su kabes. E no por a para ketu. Chichi tabata wak tur kos ku mashá atenshon. Nunka ainda e no a mira hende kome dèftu asin'ei.

Despues di komementu *Mefrou* a bisa: "Sila, e yu a krese bunita. Su koló ta habrí! El a yuda bon tambe. Sigui trein e asin'ei. Ora e krese un tiki mas nos mester wak un bon lugá p'e!"

Sila su kabes a bula bai laira. Su kurason a dal sera. E tabata tambaliá un tiki riba su pia. Ku masha esfuerso e por a sakudí su kabes ku "si". Pero di paden su kurason tabata trose. Sila sa bon bon kiko *Mefrou* ke men ora e bisa "buska un bon lugá". *Mefrou* tabata pensá pa bende su yu muhé!

Promé Parti
1806

Bèk den Historia,
promé ku Chichi a nase,
tempu Sila tabata mucha yòn.

Kapítulo 2

E Historia A Kuminsá Na 1806

Den su mente Sila a bai bèk 12 aña pasá den su bida, tempu e mes tabata mucha yòn. Anto el a kòrda dia su yu Chichi a nase. Tabata nèt den Sèptèmber. Kalor sin miserikòrdia tabata suta nan. Den e tempu ei nan famia no tabata biba na Kunuku Ronde Klip ainda. Nan tabata na Punda den e kas di Mener Jan i *Mefrou* Victoria. Den e kuarto ku nan tabata biba e tempu ei tabata skur i benout. Sila so a keda hopi ora riba su kama di habri abou ta lora di doló. Mai Yeye, Sila su mama, mester a traha i no por a keda henter ora huntu kuné. Mamawa, su wela no tabata tei e dia ei riba Kunuku.

Ratu ratu, ora trabou permití Mai Yeye tabata bin wak Sila i yud'é. E tabata trese paña muhá pa pone riba Sila su kabes i tambe pa lora su kurpa aden. Pero ta manera nada no tabata yuda. Sila kier a muri mes. El a kere ku e lo muri. El a asta resa pa e muri. Mihó morto ku biba ku e yu aki.

Mai Yeye a dun'é un te pa bebe i a bis'é: "Sila bo mester trankilisá bo mes pa e yu aki por nase. Bo ta muchu nervioso. Laga lòs un tiki, hala rosea grandi...ban dushi....rosea grandi....trankil."

"Mai Yeye, mi tin doló...mi tin miedu...kiko ta bai pasa ku mi i ku mi yu? *Mefrou* a bisami kaba ku e no ke nos. El a yama mi yu tur sorto di nòmber. El a yama mi yu "abominashon" el a bisami ku kasi sigur mi yu lo nase un neger mahos tambe. Pero Mai Yeye mi tin miedu pa e yu no nase blanku manera Mener. Kon mi ta bai hasi ku un yu blanku?" Awa tabata basha for di Sila su wowonan ora un otro ola di doló dal e.

"Shhttt, Sila stòp di pensa. Warda bo forsa i hala rosea grandi pa e yu aki por nase awe." Mai Yeye tabata papia poko poko ku n'e tanten e tabata limpia su kara ku awa friu.

Mai Yeye, kòrda kuantu bia *Mefrou* a laga Fitó sutami kaba. Mi no por mas. Mi no por tuma niun sutá mas. Mi ta bai muri...no ta mi falta ku mener Jan ta blo yama mi den su kamber anochi..."

"Sila, tur hende sa ku no ta bo falta. Ta katibu nos ta, kiko nos por hasi?" Mai Yeye a bisa.

"Si tur hende sa, dikon mi mester a pasa tantu humiliashon asin'ei na man di hende? Mi no por a hasi nada, tòg? Ora Mener Jan manda yamami den su kamber, mi mester a bai. Ora Mener Jan eksigí pa e hasi kosnan di bèrgwensa ku mi e no ta stòp. Ni maske mi yora òf grita. Bòfta e tabata dal mi. E tabata tapa mi boka pa mi no grita." Sila a keda ketu ora un ola di doló a dal e. Mai Yeye a haña chèns di bis'é: "Sila, bo tin ku stòp di papia i yora i konsentrá pa bo yu sali."

"Mai Yeye, dikon e yerba ku bo a dunami pa bebe no a yuda? Dikon mi a sali na barika tòg?"

"Sila bo a hasi tur kos ku un katibu por hasi pa skapa su kurpa. Bo a hui pa Mener, bo a bisti bruki manera ta 'e dianan di luna ei'. Un par di biaha esaki a logra pero no tur bia. Bo a roga Mener, no tin nada mas ku bo por a hasi. Bo yu ke bini awe anto abo tin ku yud'é."

"Hopi katibu a haña nan chèns pa hasi chèrchi di mi.
Asta tambú nan a saka na mi nòmber. Tur hende a kanta
i balia mi situashon.

Hòmber manteka bo ke
Barika grandi bo tin.
No kere mes
Ku bo por manda riba nos

No ta hustu Mai, no ta hustu. Mi no ke e yu aki.
Awwwwwww." Sila tabata kanta e tambú ku nan a saka
na su nòmber ku asko. Ku rabia e tabata papia e palabranan.

"Sila ta basta!" Mai Yeye a bisa finalmente. "Mi no ke tende nada mas. Stòp di pensa i hala rosea. E yu ta bai nase blanku òf pretu. Dios lo ward'é pa nos. Bo tin ku traha awor pa e yu por nase awor aki. Ban....hala rosea....pusha....pusha...."

A reina un silensio ora Sila su kurpa a kue un tiki forsa atrobe. Mai Yeye a seka su mes frenta. Su boka a keda move den orashon ketu ora e tabata pidi Dios yudansa. E mes tambe sa bon bon ku si e yu di Sila tabata un mucha muhé sigur nan lo bendé pa hopi sèn i

Dios sa na unda e yu lo bai para. Mai Yeye sa di mucha muhé sklabisá ku tabata biba mal bida. Tin bia nan shon tabata usa nan den un bar pa nan traha anochi i entretené hende hòmber. Mai Yeye a primi su mannan huntu i resa.

Tabata ketu ketu den e kamber chikí benout tanten Sila tabata kue forsa. El a keda flou drumí te ora un otro ola di doló pasa riba dje. Ku mashá esfuerso el a pusha un bia. I ku un forsa ku e no sa di unda el a sali, el a bolbe pusha... E yu a nase.

E promé bista ku Sila a tira riba su yu tabata kla!
Esta un kos bunita!

"Mai Yeye! E ta nèchi! Esta dushi e ta. Mi por tené?"

Mai Yeye a limpia e yu i lor'é den tela di sak'i maishi limpi labá. Ku kuidou el a pone e yu na pechu di Sila.

Mes ora e bebi a buska pa bebe. Tur dos hende grandi a hari.

"Mai Yeye, e yu no ta blanku blanku bèrdat. Nos lo por keda kuné." Mai Yeye a hari i a brasa su yu. "Mi ta kontentu ku bo ta pensa asin'ei. E yu aki mester di un bon mama ya komo ku su tata lo no rekonosé. Pero ami mes lo yuda bo Sila i nos lo kria e yu aki pa e bira un poderoso muhé di medisina i tambe un bon kriá di kas. Ya e por keda serka nos. Bai drumi un ratu awor. Mi ta bai paden bai traha i mi ta bin bèk aweró bin wak bosnan."

Ora Mai Yeye kana bai, Sila a fluister su yu, "Bo si no ta bai ta katibu bo a tende? Un dia bo ta bai ta liber. Mi no ke bo mester sirbi niun hende."

Kapítulo 3

Sila i su Beibi

Sila por a keda den su kuarto dos dia. Despues e mester a kuminsá traha atrobe. Mai Yeye a mand'é buska mata den mondi pa Mamawa traha remedi i bishitá algun katibu malu huntu ku Mamawa. Asin'aki el a tené leu for di kas grandi i *Mefrou*. Tur kos tabata kalmu den kas i a parse ku kos lo a bai bon. *Mefrou* Victoria no a trata Mai Yeye malu, ni Mener no a bisa nada tokante di Sila i e beibi. Pa sigur Mai Yeye a laga Sila keda den kushina so i e mes tabata sirbi mesa i limpia den kas ora e pareha tabata tei.

Danki Dios Mener Jan a disidí di bai ku su señora bai pasa dia na Kunuku na Banda Bou serka nan amigunan i nan a keda 4 siman for di kas. Bida tabata ketu pa e katibunan.

Dia nan doñonan a bin bek tambe tur kos a bai bon. Mamawa i Mai Yeye a papia i a disidí di laga Sila kuminsá ku su trabou den kas atrobe. Sila a limpia e bañonan, kambernan i bari mòp. Riba e di dos dia ku Sila tabata den kas ta traha *Mefrou* Victoria a yam'é, "Sila bini aki!"

Sila a kore yega. "Ablif *Mefrou*?" El a baha su wowonan i para mas humilde posibel, kabes bahá manera un katibu mester para, pero tòg *Mefrou* a reklam'é.

"No ta pasó bo tin yu awor bo ta kere ku bo por ta fresku!" *Mefrou* Victoria a grita.

"Despensa *Mefrou*" Sila a bisa i a keda para kabes abou ketu ketu pa e no duna ofensa.

Diripiente *Mefrou* a hisa man i dal Sila un wanta. E wanta a bin asina diripiente ku Sila no a prepará pe. El a sinti un doló skèrpi den su orea. Su kara a kuminsá bati. Awa a bula drenta su wowonan. Su garganta a dal sera i el a sinti ku e lo bai pèrdè rosea.

"Kiko bo ta bisa ora mi papia ku bo?" *Mefrou* Victoria a span dos wowo grandi riba dje. Su wowonan tabata supla kandela. Su kara tabata trosé. Su lepnan tabata primí riba otro. Ku rabia el a bolbe hisa su man i dal Sila un wanta mas.

"Despensa *Mefrou*," Sila a forsa bisa. El a tene su karaabou i a purba pa no laga ripará ku e tabata tin doló, ni rabia, pa loke *Mefrou* a hasi.

Tòg *Mefrou* no tabata satisfecho. "Anto bo tin karafresku tambe." *Mefrou* Victoria tabata kla pa dal e un wanta mas ora porta di adrei a bula habri i Mener Jan a kana drenta.

"Kiko ta pasando akinan?" Su stèm a zona manera un dònderbos i tur dos hende muhé a bula bira wak. *Mefrou* Victoria a bira kòrá kòrá. "E katibu aki ta insolente." El a reklamá na bos haltu. "Bo mester laga sut'é pa e sa su lugá."

En realidat Sila a haña hopi sota kaba den e lunanan promé ku el a sali na estado. Pa kada kos chikí *Mefrou* Victoria a dal e òf pió ainda, yama Fitó pa laga sut'é. Te ora nan a haña sa ku e tabata ku barika, Fitó mes a papia ku Mener pa *Mefrou* baha man pasó un yu di un katibu ta ganashi pa su Shon. Fitó tambe sa ku un katibu muhé bunita manera Sila tabata kosta hopi. Ku su kabei trapi trapi pretu ku su koló kuli, su lepnan yen i wowo grandi pretu pretu e tabata un mucha bunita pa wak. Na edat di 15 aña e tabata un mucha delegá. Ku un sintura smal i poko hep ku tabata primintí di bira rondó hanchu pero ainda tabata smal den su hubentut. Hopi katibu hòmber lo a anhelá pa tene man ku n'e. Pero komo ku Sila tabata katibu di kas nan tabata sa ku nan chèns pa logra tene man lo ta chikí. Sigur ku e edukashon ku e mucha a haña serka su mama i wela. E por a sirbi, e tabata desente, limpi, ketu i pa kolmo e tabata sa di yerba. Fitó no por a kore e riesgo di suta e mucha i lag'é yu muri.

Den porta di komedor pará, Mener Jan a keda wak e dos muhénan. Un tabata su kasá i e otro su katibu muhé ku e no por stòp di mishi kuné. Sila a komprondé e doló di Mener Jan bon bon. E tabata kasá ku un muhé ku famianan importante den komunidat. Pa medio di e famianan di su kasá Mener Jan tabata hasi hopi negoshi. E kasá tabata importante pa Mener Jan, pero e no tabatin yu. Su mes kasá no por a haña yu anto e su katibu a bira haña un yu, fásil, manera nada.

"Jan bo ta bai hasi algu ku e katibu insolente aki òf mi mes tin ku manda buska Fitó?" *Mefrou* a bati su pia abou.

Mener Jan no a respondé su señora pero el a bira bisa Sila, "Bai hasi bo trabounan." Ora Sila, ku pia tur temblá, a kana bai e porta muchu poko poko na Mener su smak, esaki a grita Sila: "Ban mira mucha, KANA!

Sila a kue un forsa i huí bai.

Mener Jan a sera e porta duru tras di Sila.

Sila no a para pa tende kiko nan a papia eiden. Lo ta tokante di dje i e kosnan ku Mener ke pa e hasi ku Mener anochi. El a kore bai abou i a kue su yu brasa. "Nos tin ku bai for djaki mi dushi," el a bisa poko poko den e yu su orea. "Si nos keda e muhé ei ta mata nos òf e ta bende nos." Awa di su wowonan a lèk riba e beibi ku e tabatin duru tené den su brasa.

Asina Mai Yeye a hañ'é. El a traha un kòmprès di awa friu pa pone riba su orea i kara ku a hincha di e bòftánan ku el a sufri. "Dios ta yuda nos, mi yu, no yora. Chichi, bo yu chikitu ei, lo ta mas mihó ku bo. Tene kurashi, pronto nos lo ta liber. Dios ta yuda nos." Mai Yeye tabatin fiel konfiansa ku katibunan lo ta liber un dia. Nan lo no ta di niun Shon mas.

"Mi no por warda riba e dia ei, Mai Yeye, nos lo tin ku bai for di e kas aki mas lihé posibel. Nos lo no por keda mas. *Mefrou* Victoria lo bende òf mata mi yu. Mi a pensa ku Mener Jan lo protehá mi mas. Awe el a yuda mi si, pero hopi bia e ta den kunuku anto ta *Mefrou* Victoria ta atendé ku nos. Ora Chichi kuminsá kana e lo por hasi e mucha un kos."

Mai Yeye a sakudí kabes ku "si". E tambe tabata sa ku e situashon tabata pèrtá. El a mustra Sila un bòlònbònchi nobo grandi riba su kabes. "Ayera *Mefrou* Victoria a bolbe dal mi ku palu. E tin hopi rabia riba nos."

Sila a brasa su mama. Nan dos a duna otro sosten den nan tristesa.

Ora Sila a bai drumi el a keda pensa riba un plan pa nan por huí.

"Mai Yeye bo ta lantá?" El a puntra ora e no por a pega soño den anochi.

"Kiko a pasa Sila, bo no por drumi? Un bes ei ta mainta. Bo

ta sinti bo kurpa malu?" Mai Yeye su stèm tabata zona zurú di soño.

"No, mi ta bon, pero mi no por drumi. Mi ta blo pensa....Mi no sa kiko pa hasi...Mi ke hui ku Chichi."

"Ai...mi yu....hui....? Ku un yu chikí asin'ei?... Esei ta difísil."

"Mi a yega di tende di lugánan kaminda katibunan liber tabata bai skonde na Banda Bou."

"Mi sa ku por, Sila, pero mi no sa na unda." Mai Yeye a lanta sinta i lèn serka di Sila pa e papia sin lanta Mamawa.

"Nos no por skonde den un kueba, Mai?" Sila a puntra ku stèm chikí.

"Mi sa ku tin kueba pero na unda bo ta bai haña un? Semper ta aki den Punda bo a biba. Kon bo ta hasi kana den anochi skur buska kueba pa skonde aden? Pa yega einan ta kasi imposibel. Bo tin ku skonde den dia i kana anochi. Hopi parti ta mondi. Kon bo ta hasi ku un yu chikí asin'ei? Mihó nos haña un kas ku e doñonan mester di un katibu muhé desente pa traha." Mai Yeye a sigui bisa.

"Pero kon? Tantu bia mi a pidi, roga, Mener Jan, pa bend'é mi. Mi a pidié pa bende mi huntu ku bo, Mai Yeye. Bende nos tur ku un otro plantashi." Sila su stèm a bai haltu.

"Shtttt, no papia duru, bo ta lanta Mamawa for di soño. Sila, bai drumi, un bes ei nos tin ku lanta. Laga nos spera wak. Dios lo yuda nos sigur. Shtttt mi yu, keda trankil. Stòp di preokupá." Mai Yeye a bis'é.

Tur dos a keda ketu. Despues di un ratu Sila a tende ku su mama a pega soño atrobe.

Ora e bòltu riba su matras, e yerba seku den e matras tabata zona hopi. El a trata na drumi ketu aunke e tabata wowo habrí ta pensa. Kon e por a huí i skapa di e bida aki ku Mener Jan su deseonan bergonsoso i *Mefrou* su rabia? Hopi pensamentu tabata bin i bai. Niun tabata parse bon. E tabata kabishá i lanta bèk i sigui pensa. Den kibrá di mainta un plan a reis den Sila su kabes. Tabata un plan di hopi kurashi i tabatin chèns ku e lo no bai bon. Pero Sila tabata asina desesperá ku el a sigui traha riba e plan. Si e logra e lo por bai for di e kas aki pa e por protehá su yu. No tabatin otro manera.

Su siguiente dia mes, Sila a ehekutá su plan. El a bai bari nèt riba stupi patras di kushina, pasó e sa ku Mem, e katibu muhé ku tabata kuida e pida kunuku chikí pariba di kas, lo mester drenta den kushina e mainta ei, pa trese algun yerba di medisina pa Mai Yeye.

Ora Mem a kana yega serka, Sila a grit'é i kumind'é ku masha grasia.

Mem a keda para wak, pasó Sila no tabatin kustumber di kumind'é ku tantu grasia. Kasi tur katibu di kas tabataignorá Mem. Nan no tabata gust'é. Nan tabata yam'é "hiba, trese". Kiko ku e katibunan hasi e tabata bai hiba serka Mener Jan òf Fitó, i hopi katibu a risibí mal sla serka nan Shon pa su motibu.

"Sila ta kiko a pasa bo?" Mem tabata manera salu pa sa ta dikon Sila su kara tabata mutilá asin'ei.

"Ta Mefrou Victoria tin mal beis anto el a dal mi, pòrnada."

"Bon, no kompletamente pòrnada si, Sila, ata bo a haña un yu anto Mefrou no."

"Wèl, no ta mi falta. Si Mefrou Victoria lo tabata kuida Mener Jan mas mihó, na lugá di buska nos problema, Mener Jan lo no a manda yama mi anochi."

Sila sa bon bon ku e palabra nan ei lo por sòru pa e wòrdu matá. Pero nan tabata parti di su plan. Ta p'esei el a sigui bisa: "Anto Mefrou Victoria no mester lubidá ku ta mi mama ta kushiná p'e..." Sila a laga e palabranan ei zona.

Mem su wowonan a span. Su kara a kuminsá lombra. Su wowonan tabata balia den su kara. Bo por a mira kla kla ku e tabata kayente pa bai konta un hende e notisia, kon Sila a bisa ku su mama lo venená Mefrou Victoria.

Sila tabata sa ku Mem lo hiba e notisia den forma floriá. Ta p'esei e no a bisa nada mas. Mem mes lo traha sobrá p'e. Ora e notisia yega serka Mefrou Victoria, lo ta un kos bon dòrná lo yega.

E anochi ei el a sòru di ta den adrei ora Mener tabata kla pa bai drumi. El a keda saka trabou, bai bin, pa Mener haña un chèns ku n'e. Anto manera el a pensa Mener Jan no a pèrdè pa gana.

"Pssssss Sila, bin un ratu." Mener a tene su dede riba su lepnan pa indiká Sila pa keda ketu. Lihé lihé el a sera e porta i e no a duna Sila un chèns. El a kuminsá ranka paña for di Sila su kurpa. Sila a lag'é numa pasó esaki tambe tabata parti di su plan. El a drumi ketu laga Mener hasi su kos. E sa ku esaki ta e manera di mas fásil p'e. El a tene su wowonan bon será pa e no mira Mener Jan mes. E sa ku lo no dura hopi. Mener Jan semper tabata mashá purá.

Ora Mener Jan a kaba el a pusha Sila for di su kama i el a bisa; "Bai mucha. Bo ta frega hende. Ta bo mes falta ku mi tin ku hasi e kos aki ku bo. Bai traha un kòpi kòfi pa mi, anto unda mi tabako ta?"

Sila a bai i a bolbe rápido bèk. Den un man e tabatin e kòpi kòfi i den su brasa, e beibi. "Wak Mener, nos yu." El a bisa. El a keda tene su wowo abou i no a wak Mener den su kara. Pero na e moveshon di Mener e sa ku e yu a hasi un impreshon. E yu ya tabatin mas ku un luna i gordito, dushi drumí. Su koló tabata kla kla ainda ya ku e no a kaba di desaroyá un koló di su mes. Mener a pusha e man di Sila un banda. E no kier a tene e yu.

"Bai ku e yu ei, e no por ta di mi."

"Mener..!" Sila no a sigui papia pasó un katibu nunka no ta diskutí ku su Shon.

El a baha kabes.

"Kon Mener ke mi yama e yu ku tambe ta Mener su katibu?" El a bisa ku tono abou. "Awor aki mi a yam'é Chichi tanten. Asina nos ta yama un ruman muhé mayor. Pero e mester di un nòmber." Sila a sigui bisa.

"Mi no tin kunes! Yam'é loke bo ke. Yam'é Frederika òf Petra òf kiko ku ta. Pero no yam'é 'Victoria' sí, pasó esei ta nòmber di mi kasá. Anto bai ku e abominashon ei for di mi bista. Mira mi no tende bo bisa mas ku e ta mi yu." Mener su palabranan a zona fuerte pero su kara a reda ku e tabata hopi inkómodo ku e situashon. Su mes señora tabata warda tantu tempu pa haña un yu anto su katibu a bira haña un yu blanku nèchi. Esta mala suerte no!

Ora Sila a keda para, Mener Jan a bolbe bisa: "Bai mucha, bai hasi bo trabounan. Anto mañan anochi bolbe bin den mi kuarto, pero warda *Mefrou* drumi si."

Awor Sila a haña e chèns ku e tabata warda. "Mi no sa si mi tei mañan, Mener." El a bisa kabes bahá. "*Mefrou* Victoria ta rabiá ku mi pa motibu di mi yu anto el a dal mi hopi bia. Mi ta kere ku e ta bai laga sutami mañan i awor ku mi ta asina suak despues di e yu mi no sa si mi por sobrebibí e sota ei. Ta 'Bulpes' *Mefrou* a laga bin for di kunuku.

Mener su wowonan a span. "Bulpes..???" El a puntra ku tono sorprendí. Bulpes tabata un katibu ku rabia i shonnan sa manda yam'é hopi bia pa suta esnan ku nan tabata konsiderá kriminalnan grandi. Bulpes tabata pone nan blo sunú abou i tabata suta nan lomba i atras te ora nan keda na sanger. Tabatin katibu ku no tabata sobrebibí e sutá ei i tabata muri. Bulpes a traha komo bomba riba plantashi Helburg na Banda Abou. Ounke e mes tabata un katibu i desendiente di e rasa di Luangu for di Afrika tur otro katibu di otro tribunan tabatin rabia riba dje.

Mener a kòrda kon na kurá di plantashi Barbara, un Shon a buska dos katibu ku a hui bai for di dje sin miserikòrdia. Ora el a kapturá nan, el a laga Bulpes bati nan. Loke a sobra di e katibunan nan a benta eibanda mes den un pos seku.

Sila a keda para warda kiko Mener lo bisa.

Mener a kue su kòpi kòfi i bebé den un tiru. E no a riparárá mes ku e tabata kayente. El a pasa man na su frenta i den su kabei. Sila a lur Mener su kara. El a keda para ketu ketu sin bisa nada tanten e informashon tabata senk bon den Mener. Despues el a bisa: "Anto tambe tin chèns ku *Mefrou* Victoria lo bende ami i mi yu rápido mañan. *Mefrou* a manda prepará e garoshi pa mañan bai plasa. Anto mañan ta dia di bende katibu na plasa ...."

Mener a bira kòrá kòrá. "El a kuminsá zundra den su mes i kana bai bin. "Bai bo kamber!" El a grita Sila. Ora Sila totobiá un tiki el a bolbe grita Sila. "Bai!"

Sila a kore bai konta su mama kiko el a hasi.

Mener a kana ku stap grandi bai den kamber di su kasá sin bati na porta.

Bosnan rabiá tabata resoná.

𝒦apítulo 4

Un Destino Nobo

"Mi yu, ta den problema grandi bo a hinka nos. Ta p'esei mi a tende Mem ta kana kanta e tambú straño ei awe. Ora mi a tendé mi kurpa a kue rel. Mi tabatin sigur ku un hende ta den problema grandi."

"Kua tambú e tabata kanta anto Mai Yeye?" Sila a puntra.

..."Bomba... yama katibu pa mi"... Mai Yeye su stèm a zona será. E melodia melankóliko di e tambú a keda kologá den e kushina chikí. Ta manera e palabranan tabata papia ku hende. Niun katibu no ke pa su shon manda yam'é. Kasi semper esei ta nifiká problema.

"Henter atardi Mem a kana kanta e kantika ei. Ta e lo a manda buska Bulpes." Mai Yeye a keda tur prekupá. "Kuminsá paketá bo kosnan pa nos wak ken por warda nan pa nos. Podisé *Mefrou* lo permití nos bai ku algun kos òf nos por pidi Djèn warda nan pa nos te ora nos por manda buska nan. Mi no ta kere ku nos lo keda aki mas. *Mefrou* mes lo sòru pa esei." Mai Yeye a kuminsá saka su yerbanan i kontrolá nan purá purá. Kada un e tabata hinka den un poncho di sak'i ariña ku el a kose pa warda e yerbanan separá. Algun di su remedinan tabata den kalbas speshal trahá pa su kremanan. Algun remedi tabata den bòter firkant boka smal ku tabata kontené yenefa promé pero awor e tabata usa nan pa remedi líkido.

Mei mei di trabou Mem a kana drenta e kushina di kas grandi. No tabata kustumber ku tur hende por kana drenta tur ora. Ta Mai Yeye su lugá di trabou esaki ta.

Den e kushina aki e tabata prepará kuminda pa su shonnan. P'esei Mai Yeye a wak e ku kara será. "Kiko a pasa bo Mem?"

"Tin kòfi?" Mem a puntra. Mes ora el a kana bai e konfó chikí kaminda e kòfi sa keda kayente. Poko poko el a nùri e kantika, "... Bomba... yama katibu pa mi..."

Mai Yeye i Sila a sera nan kara pa no laga ripará nada. Nan a sigui ku nan trabounan di dobla paña i hasi mas normal posibel. Despues di un ratu Sila a kuminsá nùri bèk: "Ora shon ta parti ko',

Kasi tur ta pa Fitó
Mas tirano e diabel ta
Mas stèrki su sòpi ta."

Mem a hisa kara wak Sila skèrpi. "Ta ku mi bo tin n'e?" el a puntra ku mal airu.

"Ami no sa," Sila a bisé, "si bo ta un Fitó e ta pa bo, sino ta pa e diabel ei e ta." Sila tabata referí na e hecho ku Mem tabata kore tras di nan Fitó i tabata hiba trese tur kos p'e, ku un speransa di logra algu ku n'e.

Mem a wak e ku un sonrisa falsu. "Bo sa, bo boka ta skèrpi pero mañan nos ta wak." Mem su wowonan tabata supla venenu. Den su kurason e tabata sará ku Mener a skohe e mucha delegá sin sintura ei pa dun'é su atenshon. E mes, esta Mem, a trata na forma un bida bon hopi biaha. Promé el a kombibí ku e katibu Dje. Esei tabata un katibu fresku i ku no tabata tuma. El a kaba di baha for di boto di katibu anto ora Shon a mira kon fresku e tabata, nan a mand'é traha den Kunuku di salu i Mem a keda su so. Despues el a purba ku Kun. Esaki a bai bon te dia Kun a bai bringa ku Tula. Ora nan a kapturá Kun bèk nan a bendé ku plantashi Kenepa. Nunka mas el a mira Kun tampoko. Último tempu e tabata ku Kayo pero Kayo su man tabata lòs i kada bia Mem su kara tabata hinchá. Ta p'esei el a traha duru mes pa su Shon ripar'é pero ni un danki, te pa e haña un yu blanku manera Sila. "Anto ku e mucha kèns, pia tera ei, Mener ke tene relashon. *Mefrou* tin mashá rason di rabia!" Mem tabata kunsumí den su mes tanten e tabata para bebe su kòfi.

"Mem mihó bo bai bebe bo kòfi pafó pasó mi tin ku strika tur *Mefrou* su pañanan pa e bisti mañan bai marshe. Si nan no ta kla, e lo rabia sigur. No laga mi mester bisé ku ta abo a stroba mi." Mai Yeye a wak Mem stret den su kara. El a mira Mem hari chikí chikí.

"Ta kiko bo ta hari Mem?" El a puntra. "No lubidá. *Es ku bo wela luangu a siñabo awe, di mi krioyo a siñami ayera kaba".*

Mem a kunsumí. E no por ku hende mester kòrd'é ku ta riba barku el a bin for di Afrika. El a yega e pais aki bèrdè bèrdè. Nan mester a siñ'é kon sobrebibí aki. Sila sí por konta riba tres generashon di hende krioyo. Mas rabia a drenta Mem su kurason. "Mañan nos ta wak," el a bisa ku un stèm venenoso i el a kana bai ku un hairu.

Den leu ainda nan a tend'é ta kanta, "Bomba yama katibu pa mi".

Asina Mem a bai, trabou di empaketámentu a sigui rápido. Nan a lanta Mamawa for di soño pa kont'é e kosnan ku a pasa.

Mamawa den su behes tabata tur steif i tabata kana doblá. Mamawa a baha for di boto promé ku hopi katibu a yega Kòrsou. E tabata konosé hopi shon, hopi plantashi i tur kos ku tabata pasando entre katibunan. Mamawa a haña ocho yu den su tempu. Su shonnan a bende tur. Algun a muri dia nan a sigui Tula. Mamawa a konosé Tula bon bon. Mamawa mes a bai kuid'é un bia ku bomba a batié i lag'é pa muri. Ta hopi sla Tula a kome na man di su shonnan. Mamawa a keda sorprendé di mira Tula su lomba. No tabatin niun pida di e kueru hinté. Henter e lombra tabatin sikatrisnan diki ku tabata pasa, krusa, duars riba otro. Dia Mamawa mester a kuida su heridanan e kos a emoshoná Mamawa mashá. Asin'aki yu di pueblo mester sufri? Dikon Dios? Ki dia bo ta hasi hustisia? P'esei el a komprondé e rabia ku e hòmbernan ku a bai bringa tabatin. El a trata na papia ku su yu hòmbernan pa splika nan di e riesgonan pero nan no kier a tende. Nan tabata hartá di e bida aki i kla pa nan mes liberá nan mes. Nada di warda riba Dios mas! Bida di un katibu tabata asina malu ku nada, ni morto, no por ta mas malu. Mamawa a komprondé bon bon pa nan. P'esei Mamawa a resa mashá pa e mucha hòmbernan ku a bai bringa.

Ora Mamawa a tende kon nan a kapturá e hòmbernan na Porto Marí i mata nan e tambe a yora. Tabatin un chèns chikí ku un di Mamawa su yu hòmbernan a huí i tabata biba na Banda Bou den mondi. Tur ora Mamawa tabata resa p'e sperando ku e lo sobrebibí i mira libertat di e katibunan un dia. Mamawa sa ku su yunan a muri pa un bon kousa. Nan a purba di liberá nan pueblo ku tabata sufriendo bou di sklabitut. Mamawa no tabatin duele di su yunan ku a muri den e lucha aki. Mihó morto pa e bon kousa, ku katibu di kualke shon. Mamawa mes tambe tabata kla pa ta hende liber.

Mamawa konosé Yeye for di su promé dia di su bida. Nan a manda yama Mamawa pa yuda ku e parto di Stella, mama di Yeye.

Hopi yu den demasiado tiki tempu a suak Stella. Pero ora Mamawa a kana yega ya Stella tabata muchu leu. Djis despues di duna lus el a sangra i muri.

Yeye a nase chikí i kasi sin bida i Mamawa a kuid'é pa hopi luna bringando pa e yu chikí aki su bida. Di e forma aki Mamawa a bira famia. El a kuida Yeye henter su bida. Mamawa tabata mas ku nan famia. El a siña Yeye medisina i artesania. Awor Mamawa tabata asina bieu ku tin bia e no por lanta for di kama. Ta Mai Yeye tabata kushiná su yerbanan p'é ku tabata dun'é alivio.

Mamawa tabata un muhé ku tin hopi fe. For di tempu ku e tabata na Afrika ainda komo mucha chikí den kas di su tata, el a bai misa ku mishoneronan ku a trese e palabra den nan pueblo. Mamawa semper a stima su Dios i ta di Dios so e tabata papia. Su Dios ku e stima ku un pashon, aunke nunka e no a siña lesa pa e por a lesa e beibel ku tabata konta tur kos di su Dios. Pero Mamawa su fe nunka no a dependé di esaki. E tabata papia ku Dios manera ta un hende stimá ku e por mira. E tabata pidi Dios guia pa tur kos i den tur kos Mamawa tabata mira man di Dios.

Asina Mamawa a tende e notisia di e susesonan di e anochi ei el a kuminsá resa. Yeye tampoko, no a drumi. El a pasa henter anochi sintá den su stul ta resa. Sila a drumi yen miedu. Awor ku e ora tabata serka el a sinti loke el a hasi. Dios laga Mener yud'é. Dios laga Mener tene miserikòrdia di dje. Ratu ratu e tabata spanta lanta for di su soño. Ta mainta kaba? Kada biaha e tabata lanta kabes pa wak pafó i mira ku tabata skur ainda.

Mardugá el a lanta for di su kama di tapushi, limpia su kurpa i bisti su bistí di sak'i maishi limpi. "Kiko ku pasa, lag'é pasa ku mi limpi". El a pensa. Ku su bebi Chichi bon mará na su kurpa el a bai buska su welanan.

Den kushina di kas grandi el a topa su welanan i ketu ketu nan tabata tene man i hasi orashon. E beibi tabata duru drumí. Ta skur pafó i ketu den e kas. Niun hende no tabata papia.

Un zonido straño den kas a hala atenshon di e hende muhénan. Nan a keda ketu i skucha. Até atrobe. Ta kiko ta zona anto? Nan a lanta para stret! "Krak" Ta kiko tabata zona? Ta e trapi. E trapi a krak duru den e mainta ketu. Ta zonido di pia riba trapi? Tabata komo sifuera un hende tabata slùip baha trapi pa bin den kushina.

Pero kon por ta? Ta nan tres so tabata subi i baha e trapi ei bai den kas grandi pa sirbi.

Tur tres a keda para ketu ta tembla.

Stap di un hende a slùip yega e porta di kushina. E man di porta di kushina a move. Sila su wowo a keda pegá na e porta. Ta ken esei por tabata? Ta Búlpes?

Poko poko e porta a habri.

Mener Jan tabata pará den e porta habrí.

"Mener!" Sila a grita spantá. Nunka ainda e no a yega di mira Mener òf *Mefrou* abou den kushina serka nan. Den e kushina chikí, kalor ei, niun shon no sa bin. Nan tabata djis bati bèl pa bo kana bai serka nan.

"Kue e yu, mi a regla transporte pa bo bai." Mener a kue Sila su brasa tene i rank'é. "Hasi lihé, promé ku..." Mener no a sigui papia. E palabranan a keda kologá den laira i a zona sinsero.

Sila a knek, el a komprondé. "Si Mener", Sila a bira lihé lihé i kue su bònder i su yu.

"Mi no por bai laga mi mama, Mener. E mester bai ku mi pa yuda mi ku Chichi. Mi so no por." Mener a bira kòrá i ranka Sila na su brasa. "Abo ta bai. Bo ke muri anto?"

"Mi tambe ta bai Mener, mi tampoko no ke muri!"
Mai Yeye a papia ku outoridat di un mama pretu. Asina e ta papia ora e ta pone pia abou ku e katibunan hòmber ku ke hasi di mas den su kushina. No tabata e tono normal ku e sa usa ku su shon! El a hasi su bèst pa e tene su wowonan abou i no wak Mener den su kara pero su palabranan i su tono no a laga nada di deseá. E tabata determiná pa bai ku su yu.

Klaramente Mener no a pensa riba e komplikashon aki. E tabata iritá.

"Ban anto," el a bisa. "Ban promé ku di dia habri."

Mamawa a kana yega. E tabata doblá. Riba su kabes e tabatin su bònder mará kaba. E tabatin su paña pa sali bistí. "Mi tambe ta bai."

Awor sí, Mener su kana a yena. Su wowonan a kasi bula afó. El a ranka Sila brutu na su man manera e ke lastra Sila bai kuné lihé lihé.

Mamawa a bis'é, "Mener mi ta bieu, tur mi dedenan ta stèif

pasombra mi a strika henter mi bida. Ya Mener no por usa mi mas. Ta e hendenan aki ta kuida mi. Mi no tin balor pa Mener mas. Tene miserikòrdia di mi. Kaminda Mener ta bai manda nan, manda mi tambe. Mi ta keda ku nan. Nos ta famia."

Mener tabata serka di eksplotá. Su wowonan a kasi bora e muhénan. Niun di nan tres no a riska di wak Mener den su kara. Ounke ku pa promé bia den nan bida nan a eksigí algu di Mener, awor ku nan a hasié nan a keda pará den e posishon korekto pa un katibu. Kabes abou nan a warda nan sentensia.

Pa nan alivio Mener a bisa: "Ban antó, pero hasi lihé, boso tres."

Purá e tres muhénan a kana tras di otro bai den e waha pafó pará. Esun ku tabata manehá tabata e Fitó di kunuku. Danki Dios no tabata Bulpes. Aliviá Sila a hala un rosea grandi.

"Drenta! No para tete." Mener tabata blo wak patras. Asta e kabainan tabata move nan pia nervioso.

"Na unda nos ta bai?" Sila a riska puntra. Pero Mener no a kontestá.

Nan a subi e waha i e kabainan a kuminsá kore. Mener a subi sinta banda di Fitó. Ainda tabata skur i Sila no por a mira mashá. E konosé Punda un tiki. Algun bia el a yega di kana bai un lugá ku Mai Yeye. Pero e no tabata sa ku Punda tabata grandi asin'ei. E no sa sali i e no tabata sa kiko tabatin pafó di nan kas. El a sera su wowo i tabata sinti kasi ku ta keiru e tabata bai keiru.

Asina nan a sinta banda di otro pa basta ratu. Tin bia un di nan tabata bisa algu pero no tabatin mashá kombersashon. Tur tres tabata pensa leu. Mai Yeye tabata sintá stèif stèif.

"Kasi sigur e ta resa", Sila a pensa.

Ora nan yega na un krusada grandi e waha a kita pa pariba. Mai Yeye i Mamawa a hala un rosea grandi. Nan a wak otro i kuminsá hari.

Sila no a komprondé. "Mai Yeye, dikon boso ta hari?" El a puntra tanten e tabata purba kambia e yu su bruki.

"Nos a lora nòrt, mi yu, si nos lo a lora pabou nos lo a yega e marshe di benta di katibu. Awe nan ta bende katibu einan. Kier men Mener no ta bai bende nos riba marshe. Mener tin un otro plan ku nos. Si ta riba marshe e lo a bende nos, kasi sigur nan lo a bende nos ku diferente doño. Nos lo no por a keda huntu e ora ei. Danki Dios no ta marshe nos ta bai. Podisé e ta bende nos ku un bon hende ku e konosé."

Kapítulo 5

Kas Nobo

"Dios guia su pasonan," Mamawa a resa duru, "laga su
relashon ku su kasá drecha bèk." El a sigui resa.

"E sa kiko el a hasi, su konsenshi lo ta mal e," Sila no ta'tin
niun tiki duele di Mener. El a kòrda tur e anochinan ku e mester a
soportá Mener riba dje ta sakudí i sofoká. El a kòrda su humiliashon
entre e katibunan i na man di *Mefrou*. Mener no meresé miserikòrdia
den bista di Sila. "Mi ta pidi pa e barika di *Mefrou* keda será pa
semper! Pa mi parti Mener Jan...", Sila no a haña un chèns di sigui
papia. Mai Yeye a primi su man riba Sila su boka. Mamawa a tene su
brasa duru. Nan a pon'é keda ketu. "No papia asin'ei, mi yu. No laga
rabia hasi bo un hende mahos. No bira manera nan. Kòrda ku un
dia nos ta bai serka nos Dios anto e ta husga tur ku hasi malu na tera.
No hasi malu pa E no husgá bo, laga nan pa Dios mes husga nan!"

Sila a keda ketu numa pero e no tabatin masha gana di warda
te dia di huisio di Dios. E tabatin gana di dal Mener i *Mefrou* abou for
di awor aki!

Despues di basta ora di kore e kabainan a stòp i e Fitó a yuda
e muhénan baha for dje waha. Sila tabata stèif i Chichi tabata kansá i
tabata yora. Mener a wak e strèn:
"Laga e yu ei stòp di yora".

Mes ora Mai Yeye a bin ku un paña pa tapa Sila pa e yu por
bebe lechi.

Nan a sinta abou riba stupi di kaya tanten ku Chichi tabata
bebe. Fitó a duna e kabainan awa i kuminda. Mener a drenta un bar
pa e bebe kòfi.

Fitó a sinta na un distansia di e hende muhénan. El a wak nan
di abou sin papia ku nan. 'Ta kiko lo a pasa e muhénan aki ku Mener

a saka nan mardugá pa bai pariba?' Fitó a keda ketu i no a mete ku nan. E no tabata ke tin problema ku Mener.

Despues di un ratu Fitó a duna nan un pida reskuk pa kome. Kontentu nan a tum'é, pasó nan a sali asina trempan ku nan no por a ni bebe un poko kòfi.

Ora mener a sali e bar, nan a subi e waha i kuminsá kore atrobe. Solo a sali nèt un tiki.

Sila a mira ku Kòrsou tabata grandi tòg. Mas grandi ku el a pensa. Tin diferente waha mas riba kaminda. Ora e wahanan pasa, nan tabata saludá Mener.

Despues di un ora di kore nan a yega nan destinas hon. Sila a mira ku nan tabata na un plantashi grandi. E lanthùis tabata hel di fèrf i e panchinan di dak tabata kòrá. E edifisio tabata grandi i espasioso. E pòrch dilanti kas tabatin trapi haltu ta subi yega e portanan prinsipal. Henter e pòrch tabata yen di mata bèrdè bèrdè. Algun tabata kologá i algun tabata den pòchi. Tur kos tabata limpi i bon mantené. Den e kunuku tabatin hopi katibu ta kana i ta traha kaba aunke tabata mashá trempan ainda. Sila a konta por lo ménos trinta katibu. Tur kos tabata indiká ku esaki tabata un plantashi próspero.

Mener a baha for dje waha, kana subi e pòrch i bati na porta. El a hasi señal ku Fitó i esaki a baha e hende muhénan i nan a keda pará na pia dje trapi. Un katibu nunka no ta drenta porta dilanti di kas di nan shonnan.

Sila tabata tembla un tiki. Awor ku e momentu a yega e tabata yen di miedu i a tene su mama duru.

Un katibu muhé rondó rondó, ku kara harí, a habri porta. "Bon dia Mener. Mener ta trempan awe. Mener ta drenta? Mener ke un tiki kòfi?"

Mener a kumind'é ariba ariba i sin respondé el a kana bai den adrei i e porta di kas a dal sera su tras. E muhénan a keda para warda. Despues di un ratu un katibu hòmber a mustra nan e porta patras di kushina pa nan drenta. Einan nan a keda para warda te ora e katibu muhé a laga nan drenta den adrei.

"Sara, na unda Fitó ta? Bisé ku katibu nobo a yega." Mener a bisa e katibu rondó kara harí.

Djis un ratu despues Shon Pe a yega. Mener i Shon Pe a

drenta un kuarto i papia basta ratu. E muhénan a keda pará kabes abou tur e ora sin bisa nada. Chichi a pega soño i e no sa mes. Sila tabata tembla riba su pia i a buska sosten serka su mama.

Despues di basta ratu Shon Pe a sali i puntra Sara: "Na unda bo a prepará kaminda pa e katibu nobo keda? Nan ta tres anto nan mester keda huntu. Duna nan trabou di kas. Un di nan ta un artesano, e otro ta mashá bon den yerba, medisina i e por kushiná anto esun ku yu ta bon pa yuda ku mi mama, *Mefrou* Jana ku ta malu. No laga nan bai traha den kunuku. Mi a bisa Fitó kaba pero mi ke pa bo wak pa loke mi ta bisa bo sosodé." Shon Pe su stèm tabata strèn pero e no tabata zona malu, Sila a ripará.

"Si Shon Pe," Sara a hansha su mes pa bisa. *"Ta kon bini Shon Pe ta pone tantu atenshon na tres katibu muhé?"* Sara a sakudí su kabes pasó e no a komprondé bon kiko tabata pasando. Ta straño ku ta tres hende grandi a yega. Shon Pe a bisa Sara di solamente un katibu muhé. Awor a resultá ku ta kuater, si bo konta e beibi aden. Naturalmente Sara sa ku katibu muhé ta skars. Mayoria katibu ta hòmber. E barkunan no ta trese hopi katibu muhé for di Afrika. Anto si hende muhé bin mes nan no ta sobrebibí e biahe pisá. E kaminda di Afrika pa Kòrsou tabata largu i peligroso. E kondishonnan ku nan tabata transportá e hendenan tabata asina horibel ku hende muhé hopi bia tabata muri na kaminda. Sara su kurpa a kue rel ora el a kòrda su biahe. Danki Dios el a bira asina malu na kaminda ku e tabata leu for di dje hopi dia. Pa e no kòrda mes kiko el a pasa aden.

Mayoria muhé katibu ku tabata traha, tabata esnan ku a nase na Kòrsou mes. I nan ta mas karu pa kumpra. Talbes ta pasó e katibu tabatin un beibi Mener ke pa trat'é bon. Pa e beibi keda na bida i sirbi nan. Pero Sara no a puntra nada. E ta un katibu di kas i el a siña di no puntra nada. Hasi loke nan manda bo anto tur kos ta bai bon. Asina ta bida di un katibu.

Sara a hiba e muhénan patras di kas i a laga nan sinta.

"Boso ke un kos di kome i bebe?" El a wak e beibi. "Bo ke un yerba? Bo no por bebe kòfi ku un yu chikitu asin'ei na pechu. Sinta aki anto mi ta manda Bobo bin yuda bosnan tanten mi ta bai wak e kuarto pa boso keda."

Yeye a kai sinta ku masha doló. E no a drumi ayera nochi. Su kurpa a keda stèif despues di e hopi ora sinta den e waha ei. Mamawa tambe a supla airu ora el a kai sinta.

"Ma bira bieu." El a bisa harí. "Mi a deskustumá di sinta largu den waha."

Tur tres a kuminsá kome nan papa di maishi ku Sara a saka pa nan. E papa tabata yen pipita i e tabata falta smak. Pero niun hende no a laga Sara ripará.

Mai Yeye tambe a hari. "No papia mes, Mamawa." El a duna Mamawa su kòfi i a drai e suku aden. "Ten mi ten mi tabata bai te Zuurzak pa yuda kuida katibu ku ta bin ku barku di katibu. Ora e barku yega masha hopi katibu malu, suak i ku herida tabata baha for di barku. Hopi herida i malesa ma trata e tempu ei."

Sila a ripará ku su mama i wela tabata habrí pa papia awe. El a keda ketu pa e tende mas. "Nos a skapa awe, Sila. Nos por tabata pará na Zuurzak awor aki ta warda un hende bin kumpra nos huntu ku katibunan di Afrika. Pero ata nos den un plantashon grandi aki sintá ta bebe kòfi. Nos tur tres ta huntu."

Sila tambe a hari. "Mai Yeye, kon bo tabata papia ku e katibunan ku tabata bin stret for di Afrika? Ki lenga nan tabata papia? Kon bo tabata hasi pa sa ki tabata falta nan?" El a puntra kurioso. Normalmente ni su mama, ni su wela no gusta papia mashá di sklabitut i kosnan ku nan a pasa aden. Pero tabata manera nan a habri i tabata bisa Sila hopi kos ku e no tabata sa.

"E hendenan tabata di Kosta di Oro, Elmina, Fida Ardra, Accra, Bercou, Angola i Luango. Di tur kaminda nan tabata bin i nan tabata papia tur kos un tiki. Ami tabata bon ku lenga. Mi tabata kompronde nan basta bon. No tabata difísil pa trata nan. Tur tabatin falta di mes un kos, - kuminda. Hopi sòpi i te di yerba mi tabata traha pa duna nan forsa bèk. Nan tur tabata suak suak despues di a krusa laman den e barku di katibu."

"Ta na Zuurzak bo a konosé Mem tambe no?" Mamawa a puntr'é.

"Hopi falsu Mem ta." Sila a murmurá.

"El a lubidá kon el a baha for di barku mitar morto?" Mai Yeye a sigui bisa. "No ta ami a sinta kuné oranan largu? Danki Dios ku mi ta bon ku lenganan straño ku mi por a kompronde. Si no tabata pa mi, *Mefrou* lo a mand'é tereno di salu huntu ku e hòmber ku e tabata maha kuné. Ta mi a papia pe, siñ'é tur kos. Pasó e tabata

asina bobo! Nan di 'si bo fòrsa buza, buza ta papia latin', pero esaki
si ni maske kon *Mefrou* a fòrs'é, asta ku sla e no a siña hasi kosnan na
drechi den kas. Ta mi a papia p'e ku el a haña e trabou di kuida e pida
tereno pariba di kas."

Mamawa i Sila tambe a sakudí kabes. Nunka nan no a trata
Mem malu, ta dikon e mester trata nan asin'ei? Pero diripiente Sila a
dal un gritu hari.

"Mai Yeye ta kon e dicho ta ku bo sa bisa? Esun di Luangu i
bakoba? Esun ku ta nifiká ku ora e mal hende plania un kos malu e
mes ta keda ku e malu i abo ta gan'é ku e bakoba tòg."

Mamawa tambe a dal un gritu hari.

'Puñá pa luangu, bakoba pa makaku.'

Ha ha ha, e muhénan a hari te yora.

Asina Sara a haña nan sintá ta hari. E tambe a hari ku nan.
"Katibu kontentu ta traha bon", el a pensa. Mai Yeye a bis'é: "Sara,
danki pa e kòfi." Mesora Mai Yeye a bira mustra riba su famia. "Sara
esaki ta Mamawa. Nos ta yam'é nos wela. Su dedenan ta stèif i nan
sa hasi doló. Su trabou ta muhé di medisina. E konosé tur malesa i
tur mata. E por traha hopi remedi. Tur trabou ku bo dun'é nos ta
yud'é pa e kaba nan. Ami mes ta Yeye. Nan ta yamami Mai Yeye. Mi
ta un muhé di medisina anto mi ta traha den kushina i tambe kuida
tur hende malu. Mi yu muhé aki ta Sila." Mai Yeye a pusha Sila un tiki
dilanti ora e tabata papia. "Sila ta yuda na mesa, laba paña, yuda den
kushina anto e tambe ta siñando pa muhé di medisina. E beibi yama
Chichi anto e tin dos luna. Nos mes ta kuid'é, e lo no stroba trabou."

Sara a hari ku nan. "*Mefrou* lo ta kontentu ku bosnan."

Kapítulo 6

Rekuerdonan

Den e dianan ku a sigui Mai Yeye, Sila i Mamawa a kustumbrá lihé. Chichi no sa nada di e kambio den su bida. Basta e haña su lechi na tempu i su dos welanan yay'é e tabata un beibi kontentu i trankil.

Sara a duna nan un kuarto patras di kas grandi djis pegá ku e kushina i e fòrnu. Asin'ei tabata fásil pa nan atendé e trabounan di kushina. Nan a risibí yerba seku pa nan traha un lugá di drumi i Mai Yeye a haña pèrmit pa e traha matras pa nan despues.

E pos tampoko no tabata leu i asina Mai Yeye a instalá su famia ku fasilidat. Mainta trempan Mai Yeye a laga Sila kana bai kue awa pa nan limpia nan kurpa. Danki Dios Mai Yeye a kòrda bin ku un bleki. Pronto e mester wak kon e ta hasi traha un ponchera i algun kos di uso di dia.

Mientras tantu el a wak algun kalbas kaba ku e tabata bai usa pa traha algun kos ku nan mester. El a pensa pa traha un beker di bebe awa i un kèlèmbè. Mai Yeye no ke pa kome ku man so. Mester siña kome nèchi tambe, ta p'esei semper e tabata traha un kèlèmbè pa nan tur por saka nan kuminda ku n'e.

Mai Yeye a kòrda riba Chichi. Beibi Chichi mester di un ko'i hunga, talbes e por traha un maraka chikí ku un kalbas. E lo warda e kuminda dje kalbas pa e traha remedi. Si e haña un kalbas di kunuku e mes por traha su mes ponchera. Mai Yeye tabata kontentu ku e tabata na e plantashi aki ku tabata parse riku na material pa nan por biba dushi.

El a mira un kalbas chikí tambe, nèt bon pa traha un gobi, un beker chikitu no mas grandi ku un webu pa bebe su kòfi ku e gusta i mas despues lechi pa Chichi. Talbes e por graba un para pa Chichi riba e gobi. Mai Yeye a kòrda riba su gogorobí ku el a lubidá na kas di Mener Jan na Punda. Awor e lo mester traha un nobo pa beibi Chichi

tambe. E flùit ei el a traha di un kalbas yòn na grandura di un webu
di galiña. Meimei el a traha un buraku rondó chikitu, i na tur dos e
puntanan, un buraku poko mas chikí. Ku su dede e tabata tene e
burakunan será i supla. Ora e laga su dede bai e zonido tabata subi
baha. Segun Yeye tapa e buraku meimei sea na mitar òf na un kuart,
tabata nase otro sorto di tono atrobe. Asin'ei nan tabata hasi músika
i entretené e beibi. Sila lo keda kontentu ku un regalo asin'ei. Ta duel
Mai Yeye ku ta esaki so e por ofresé su yu i nietu. El a duna Dios
danki tòg den e situashon aki. Pasó ata e tabatin su yu huntu kuné i
asta su nietu. Nan tur tabata na bida i tabatin speransa. Dios a saka
nan for di pèrtá. Nan no a wòrdu bendé riba marshe. Nò, nan a haña
un kas nobo. Mai Yeye a hisa kara wak den laira i duna Dios danki for
di su kurason. "Danki pa kuida nos atrobe Señor."

Mamawa a skùif bin para banda di Mai Yeye. E tambe a wak
e kunuku. "Riku nò? Nos por traha bon akinan." El a bisa.
Mai Yeye a sakudí kabes ku si.
"Mi sa ku no ta loke nos ke. Nos lo tabata ke ta liber.
Pero pa awor aki nos tin pas atrobe. Laga nos ta kontentu ku esei."
Mamawa a pone su man riba Mai Yeye su brasa pa dun'é konsuelo.
"Mi ta kòrda for di tempu ku Sila tabatin kuater aña ku rumornan a
kuminsá sirkulá ku Fransia a liberá tur katibu na Sint Maarten, ku bo
a spera di haña bo libertat. Mi tambe."
"Anto ya kaba Sila tin 16 aña i ku yu di un shon. Anto ainda
nos no ta liber." Mai Yeye a bisa.
"Si, nos a kere ku Kòrsou tambe lo a haña libertat e tempu ei.
Esei nos tabata ke pa Sila. Pa nos mes por disidí unda pa biba i kiko
pa traha. Ami lo no a laba NIUN tayó mas. E tayónan lo a keda pa
Mefrou mes laba!" Mai Yeye i Mamawa a hari ora nan a kòrda kon nan
a plania pa nan libertat. Mai Yeye a baha su kabes i pasa man na
su wowonan, ku tabata un tiki muhá.
"Kla mi tabata pa traha mi kalbasnan na forma di kòpi pa
kòfi, skal i tayó. Lo mi a kana kas pa kas bende nan. Basta mi yu
tabata liber di sklabitut. Esei mi tabata ke." El a bisa ku stèm abou.
"Pero Sint Maarten mes no a dura largu ku nan libertat di katibu.
Asina e rei di Fransia a kasa, e reina nobo a eksigí pa kue tur hende
hasi nan katibu atrobe. Esta un sinbèrgwensa, nò!" Mai Yeye no por

komprondé ta kua klase di muhé un hende asina por ta. "E mester ta un mal kasá pa e rei. E no tin kurason."

Mamawa a bisa, "Mi no sa kon Dios ta bai yuda nos sali for di e kos aki. Wak kon Tula a bai bringa i kon nan a mat'é sokete."

"Hopi anochi nos tabata bai sinta den skur leu for di e plantashon pa nos tende kos ku ta pasa. Mi tabatin sigur ku nos lo a keda liber. Mi a kere ku Tula lo a logra. Ta hopi hende a bai ku n'e bai bringa!"

Ketu pará e muhénan a rebibá e tempu ei. Notisia ku tabata di importansia e supladó di kachu tabata dal dos zoná kòrtiku i un largu pa spièrta katibunan. Asina anochi sera nan tabata bai sinta huntu skondí i kanta tambú na tono abou abou pa niun shon no tende nan. Diskushonnan riba e anochinan ei tabata skèrpi! Hopi hòmber tabata kla pará pa bai guera. Nan no tabatin miedu, ni di morto. Nan no tabata ke ta katibu mas. Nan no tabata ke ta propiedat di niun shon mas. Nan tabata ke tin nan famia i nan yunan huntu ku nan. Kos mester drecha! Katibunan di Santa Cruz i Kenepa tabata determiná.

Mai Yeye mes no a wak e bringamentunan di Tula i e otro hòmbernan pero hopi a konta despues. Dia katibunan a gana e promé bataya den ref St. Marie, kachunan a keda zona henter anochi! Niun hende no a drumi. Alegria i speransa tabata den nan kurason. E dia ei Mai Yeye no a laba tayó. Asina sigur e tabata di nan viktoria. Dios mester yuda nan. Dios mester libra nan. Ta inhustu ku nan ta katibu i e shonnan so ta manda. Mai Yeye tabata ke pa su yu lanta den libertat! Sila a kana yega i a para skucha. Su mama i wela kasi nunka no tabata papia di e temporada ei di nan bida. "Kiko a pasa ku e katibunan e ora ei? El a puntra.

"Nos a pèrdè." Mamawa a bisa ku un tristesa den su stèm.

"Si nos a pèrdè." Mai Yeye a sakudí kabes. "Esei si tabata un tristesa nò, dia nos a pèrdè e bataya ei. Kuantu hòmber i muhé no a muri. Kon kruel e mortonan tabata! A mata pober Tula. Su wesunan a wòrdu kibrá, chikí chikí, ku un bara di heru. Nan a kima su kara. Nan a kap su kabes i esun di Karpata afó i kologá nan kabes sin kurpa na un palu na Ref, pa tur hende mira." Mai Yeye a rel. "Mi mes a mira esei. Mener Jan a hiba nos tur den waha na fòrti pa despues bai Ref ku nos. El a pone nos para wak. Pa nos mes mira." Yeye su wowo a yena ku awa ora e kòrda kon e kurpa ya sin bida di e hòmbernan héroe aki tabata kologá na palu.

"Anto asina nos a yega Punda." Mamawa a bisa. "Despues Shon nunka mas no a laga nos bai nos kunuku bèk. Nos mester a keda na Punda i Shon a bende mayoria hòmber ku a sobra. El a kumpra katibu nobo."

"E tempu ei tabata difísil. Tur shon a kuminsá bende katibu manera loko. Nan tabata bende nan katibu problemátiko i kumpra nobo. Asina e shonnan tabata sòru pa e grupitonan, ku a forma riba kada plantashi, por a kibra. Hopi katibu muhé a keda sin nan pareha. A bende hopi yu tambe. Tabata un tempu mashá tristu mes pa tur katibu." Mai Yeye a bisa.

"Mener no a bende Mamawa i Mai Yeye?" Sila a puntra.

"Nò, e no a bende nos. El a djis kambia nos di lugá di biba. Di e dia ei nos a keda den su kas na Punda. E no a bisa nos delantá. Nos no a prepará nada. Di un dia pa otro el a kambia nos. Nos a yega Punda sin nada. Bo ta kòrda Mamawa?" Mai Yeye a sigui bisa. Mamawa a sakudí kabes. "Tur remedi i tur yerba a keda atras. Nos a pasa molèster den Punda pa kuminsá di nobo."

"Anto nunka mas bo no a tende di Tonchi." Mai Yeye a bisa ku stèm abou abou.

Mamawa a sakudí kabes. "Mi no sa kon ta ku niun di mi ocho yunan. Mi sa ku algun a bringa huntu ku Tula. Mi ta kere ku nan lo a muri. Pero, nan di ku Tonchi, a hui bai biba den kueba. Mi ta spera." "Mi ta kontentu ku e biaha aki ku nos a kambia kas si nos a bin prepará!" Mamawa a bisa aliviá.

Mai Yeye tambe tabata kontentu ku e bia aki si, el a haña chèns di kue su bònder pa bin kuné. "Mi no tin mashá remedi den e bònder si. Mi mester kuminsá traha nobo lihé."

"Wak rònt," Mamawa a bisa harí. "Wak den e naturalesa rondó di e kas grandi nobo aki. Tin diferente mata ku Sila por piki pa mi seka pa traha remedi. Na Punda nos tabatin Mem ku tabata kuida e pida kunuku di remedi pa nos pero akinan ta for di mondi nos lo mester piki. Sila kòrda trese stèk pa nos kuminsá planta nan serka di nos kas."

Sara a yama nan na e momento ei i asina trabou a kuminsá.

Kapítulo 7

Trabou Nobo

Sara a tuma aden pa siña nan kon e plantashi tabata funshoná i kua tareanan nan tin. Sara a pasa un duki na su frenta kita sodó i el a bisa, "Danki Dios bosnan a bin yudami den e kas aki. E trabou tabata muchu hopi pa mi. Kushina no ta mi kos tampoko." E mes a hari pa su palabranan. "Ta p'esei *Mefrou* a pidi pa kumpra un katibu muhé aserka. Mi no a pensa ku Shon Pe lo logra haña un bon katibu muhé. Ta mashá difísil pa haña katibu muhé ku sa e trabou kaba. Si shon kumpra un katibu stret for di barku ta ami mester siñ'é tur trabou. Anto mi no tin tempu pa esei." El a sigui bisa.

"Ata nos aki, Sara, kla pa yuda bo." Sila a bis'é.

"Sila, bo wela awor, Mamawa, kon e ta hasi traha?" Sara a puntr'é poko poko pa Mamawa no tende.

"Sara, Mamawa no por hasi hopi kos mas, pero e ta bon ku remedi di mondi. E ta traha remedi pa tur katibu. Nos ta yud'é ku tur kos." Sila a bisa.

"Mi mester di un hende pa yuda e katibunan ora nan ta malu. Awor aki mi tin ku manda buska yudansa serka e kunukunan bisiña."

Tanten nan tabata papia, Sara a mustra Sila e trabou i lihé nan a kuminsá limpia sala. Sila a siña su tareanan nobo, fásil.

E promé dia ku Sila mester a sirbi desayuno na mesa el a lur Shon Pe mashá. Shon Pe tabata un hòmber delegá haltu ku un kueru kòrá i seku di solo. Su kabes tabata bashí ariba i na banda e kabei tabata blanku. Semper e tabatin un sombré bistí kontra solo i un lensu mará na su garganta. E tabata un hòmber ketu i e tabata parse strèn. 'Dios laga e no resultá manera Mener Jan.'

Su kasá, *Mefrou* Jo, tabata un señora delegá, nèchi, bon bistí i ku mashá atenshon pa su kas. Su kabei tabata blanku i largu. Tur

mainta Sara tabata para skeiru e kabei, i e tabata flèktu nan i traha un korona riba *Mefrou* su kabes. *Mefrou* su wowonan tabata blou di laman i e tabatin un manera pa keda wak strèn. *Mefrou* no tabata
atendé mashá ku katibu. Basta nan hasi nan trabou i sirbi'é rápido e tabata kontentu. Kuida òf papia ku katibu no tabata su kos. *Mefrou* Jo tabata gusta risibí bishita.

Na mesa, Sila a tene su wowonan abou, manera e sa ku un katibu mester hasi, pero el a logra lur wak tur kos tòg. El a bisti su shimis bieu i mara su kabes ku su paña blanku pa e no yama niun forma di atenshon.

Despues di sirbi na mesa e katibunan tabata keda pará na porta di komedor kabes abou, warda. Ratu ratu Sara tabata pasa rònt i yena awa. Òf *Mefrou* tabata mand'é bai kushina bai kue un kos ku nan mester. Despues di komementu Sila i Sara, a limpia mesa i komedor.

Sila a hala un rosea aliviá. Tur kos a bai bon. Mener no a pone niun klase di atenshon speshal n'e.

Sara a splika Sila tur su trabounan. E mester yuda na mesa, yuda den kushina i tambe kuida *Mefrou* Jana ku tabata sufri di doló den su wesunan. *Mefrou* Jana, ta mama di Shon Pe.

"Bo mester trata *Mefrou* Jana ku mashá kuidou. E sa tin hopi doló anto ta p'esei e ta keda hopi den su kamber." Sara a bisa.

"Sara, Mai Yeye por traha remedi pa e malesa di wesu ei anto mi mes sa kon pa trata dedenan ku ta bira steif. Mamawa tambe a sufri di dje." Sila a bisa.

"Sila bo no por trata *Mefrou* Jana ku e mes un kosnan ku bo ta trata un katibu. Ora Mener Le Docteur bin for di Punda, e ta bisa nos kiko nos tin ku duna *Mefrou* Jana i e ora ei bo ta hasié. Tene kuenta ku *Mefrou* Jana ta susha kama kasi tur dia, ta p'esei bo tin ku laba e pañanan di kama tur dia." Sara a wak Sila duru den su kara pa e wak ku e mucha a komprondé.

Sila a bis'é ku konfiansa: "Sara lo mi hasi tur kos manera bo a bisa mi." Sila a baha su kabes pa e demonstrá rèspèt.

Sara a keda wak Sila. *Porfin un katibu ku sa su lugá.' El a pensa. 'No ta pasó e tin un tiki koló i kabei diki largu e kier sa ku e ta mas mihó ku mi. Maske mi ta pretu, Shon Pe a laga mi traha den kas tòg. Si, porfin un katibu ku ta duna hende rèspèt.'*

Despues di desayuno Sara a hiba Sila na un kamber na e di dos piso den kas kaminda e lo por sera konosí ku *Mefrou* Jana. Ora nan a habri porta drenta, *Mefrou* Jana tabata drumí ainda. E kamber tabata skur i tabata hole malu.

Sara a sali di bèk for di e kamber i Sila a siguié purá. E holó penetrante di urina mesklá ku un holó fuerte manera konofló putrí kasi a smor nan.

Sara a papia poko poko i el a tene un dede dilanti di su lepnan.

"Shtt, no lant'é. E ta rabia i kuminsá tira kos. Tin bia *Mefrou* Jana no gusta lanta trempan pasó anochi e no ta drumi bon. For di tres'or e ta kana dualu den kas. E ta bisti un yapon blanku anto e ta parse un spoki ku e kabeinan bruá manera nèshi di para riba su kabes."

"Dikon *Mefrou* Jana ta deskuidá asin'ei?" Sila a puntra Sara.

"No ta deskuidá e ta. Ta anochi e ta brua tur su kamber. Anto e urina ta lag'é hole asin'ei. E no ke pa habri bentana. E ta kere ku alma malu ta drenta." Sara a tira su mannan den laira i a hisa su skoudernan. "No tin nada ku mi por hasi. Si *Mefrou* Jana ke biba den e holó ei, mi mester soportá esei. Ta Le Docteur a laga kologá konofló den su kamber pa e holó kore ku airu malu." Sara a sigui bisa.

"E konofló ei no ta kore ku mal airu so." Sila a zuai su man dilanti di su nanishi. Ainda e tabata sinti e holó di e kamber ei.

"Ni *Mefrou* Jo, ni Shon Pe, no sa bai hopi den *Mefrou* Jana su kamber. Ta ami so tabata kuid'é. Pero awor ku e ta birando mas malu ta abo mester bai kuid'é."

"Ki ora mi ta bai kuid'é anto?" Sila a puntra.

"Nos ta warda te ora *Mefrou* Jana yama nos òf ora nos tend'é ta kana den su kamber. Ta un bes aki sí. Solo ta haltu, *Mefrou* ta den lanta. Laga nos bai pone algun kos kla pa prepará pa kuminda di mèrdia i despues nos ta bin bèk."

Sara i Sila a kaba di bari kas i kita stòf ora nan a tende *Mefrou* Jana ta yama.

Purá nan a drenta e kamber di e enfermo.

"Bon dia *Mefrou*," Sara a bisa ku wowo bahá.

Mefrou no a ni wak e. "Ta ken esaki ta?" el a demandá ora e mira Sila. "Mi no ke hende straño den mi kamber."

"*Mefrou*, esaki no ta hende straño, ta *Mefrou* su katibu nobo. Mener Jan a tres'é ayera for di Punda." Sara a keda pará kabes abou.

"Ahan, mi katibu nobo? Mucha! bin aki pa mi wak bo!" *Mefrou* a bisa.

Sila tabatin su mannan su dilanti duru tené den otro i ku stap chikí el a skùif yega serka *Mefrou*.

"Bon dia *Mefrou*." Su stèm tabata tembla. E holó di urina tabata mas fuerte ainda ora el a yega serka di *Mefrou*. Su stoma a bòltu pero ku un esfuerso grandi el a keda pará ku wowo abou wardando kiko *Mefrou* lo bisa.

Mefrou a kue su kachete tene i hisa su kara. "Wak mi den mi kara mucha."

Sila a hisa su wowo i wak e señora straño ei. Su koló tabata blanku i su kueru tabata manera un blachi di mondi fini fini. Kasi bo por a mira su ardunan tabata mustra den e kara. E tabata flaku ku un nanishi punta. Su lepnan tabata seku seku i su wowonan tabata hundu den su kara. E tabata wak ku wowo skèrpi ku tabata skrudiñá Sila. "Habri bo boka pa mi wak bo djentenan." *Mefrou* a ordená.

Sila a spanta i el a dal su boka sera.

"Katibu, mi a manda bo habri bo boka." *Mefrou* a bolbe bisa. Poko poko i temblando Sila a habri su boka tanten su wowo a keda buska yudansa serka Sara. Pero esaki a keda pará ta wak abou i no a duna muestra ku algu straño tabata pasando.

Sila tabata su so.

Ora *Mefrou* a kaba di wak den boka di Sila el a bisa: "Bon djente, bon katibu. Asina mi tata tabata kontrolá su katibunan tempu e tabata bai Zuurzak pa kumpra katibu, ora nan baha for di boto. Hopi bia mi a bai ku n'e. Ounke nan tabata malu i sushi e tabata wak nan djente i bai kas ku nan. Einan Fitó tabata tuma nan i hiba nan pa un kurandero kuida nan. Manera nan por a kana mi tata tabata pone nan traha pa saka su sèn."

Mefrou a keda wak Sila. "Pero abo ta muchu blanku, bo no por a bin for di boto." Ku wowo skèrpi el a keda wak Sila i despues el a dal un gritu: "Sara! Na unda bo a haña e mucha aki? Dikon bo ta bisa mi ku ta katibu e ta? Anto e ta blanku asin'ei?"

"Ta un katibu mulato e ta *Mefrou*. E no a nanse na

Afrika. Su mama i su tata ta krioyo."

"Su tata lo ta mas ku krioyo, ha ha ha." *Mefrou* a hari pa su mes chansa. "Kualke un shon lo a brua di porta di kamber anochi pa e yu aki ta katibu."

Ku un zonido manera un galiña *Mefrou* Jana a hari. Ki ki ki... Diripiente el a stòp. "Sara bai laga nos. Mi ta kere ku mi a gusta e katibu ku bo a trese pa mi. E no ta dje mahos ei manera e 'nikker' nan ku bo sa tin."

Kapítulo 8

Mefrou Jana

Purá, Sara a bèk i sali e porta bai. Bo por a sinti ku e tabata aliviá di por a bai. Sila a baha su wowonan i a kana bai e bentana. "*Mefrou* ke mi habri e bentananan?" E no a warda kontesta pero el a pusha un bentana habri. Ku un alivio el a sinti e airu fresku drenta e kamber. El a hala un rosea grandi di e airu promé ku el a bira pa wak *Mefrou*.

Mefrou a kore bin na e bentana. "Ser'é ser'é, airu malu ta drenta." El a pusha Sila i purba hala e bentana sera pero Sila tabatin nan duru ten'é.

"*Mefrou*, mi ta mira ku *Mefrou* tin konofló kologá akinan. Esei ta pa kore ku mal airu, tòg? Si *Mefrou* no habri e bentana kon e mal airu ta hasi sali?"

Mefrou ta stòp di ranka e bentana i a keda wak Sila. "Le Docteur no a bisa mi esei. Ta kon bo por sa?"

"Mi mama, Mai Yeye, ta un muhé di medisina. E ta kura hende malu. *Mefrou* no a yega di tende di Mai Yeye? El a traha na Zuurzak pa yuda kura e katibunan ku a yega malu. Den temporada di e guera ku Tula hopi shon a manda busk'é pa e yuda nan. Nos shon tabata mand'é den garoshi for di mainta te anochi pa e wak e katibunan na e otro plantashinan. Ta p'esei mi sa hopi kos di remedi."

Mefrou Jana tabata impreshoná. E no konosé Mai Yeye pero un katibu ku tabata yuda na Zuurzak i ku diferente plantashi ta manda yama, mester ta un katibu ku sa hopi.

Tanten *Mefrou* tabata pensa riba e kosnan ku Sila a bis'é, Sila a kore kuminsá kita e lakennan for di kama pa *Mefrou* no kambia di idea anto bin bei ku ta nèk el a nèk e ku e historia di habri bentana. Danki Dios ku Sara a kont'é tokante di e konoflónan. Si Sila lo mester a traha un ratu mas den e holó stinki ei e lo a arohá sigur.

Asina'ki mes e holó a keda fuerte. Pero el a traha lihé pa e kaba. El a lora tur e pañanan sushi den un bònder i pone nan pafó den gang.

Despues el a lastra e matras i pon'é dilanti di e bentana pa solo sek'é. El a pensa pa e pidi su mama traha un kos ku e por usa pa wanta e urina pa e kama no mester muha tantu asin'ei.

Mefrou Jana a keda pará wak e.

"*Mefrou* no ke bai baña? Mi por traha un tobo ku awa kayente pa *Mefrou*." Sila a papia mas suave posibel pa e no duna ofensa na niun manera.

"Traha un ponchera ku awa kayente. Mi mes no por baña awe, pasó mi dedenan ta steif steif. For di dia mi a bira malu ku e malesa di wesu aki mi no por hasi tur mi kosnan mi mes. Mi katibu a bira malu i muri." *Mefrou* Jana su stèm tabata tin e satisfakshon di e hende ku a sobrebibí ineksplikablemente un hende mas yòn ku n'e. El a sigui bisa, "Anto Sara a manda yen neger fregadó pa yuda mi. Mi a kore ku nan." Un harí satisfecho a sali for di *Mefrou* su boka. Ki ki ki... "Awor ta Sara mes mester yuda mi pero e ta katibu di kas, e no sa kon pa kuida un hende ku no ta bon bon."

"*Mefrou* mi ta yuda *Mefrou* ku tur kos. Asina mi kaba di warda e pañanan aki mi ta bai buska awa." Sila a bisa. Ora e kamber tabata basta bon, Sila a kore kue e bònder i bai den kushina. El a splika su mama e situashon i huntu nan a hiba awa ariba. Mai Yeye a pone e hèmber ku awa kayente pafó di e kamber pa Sila hiba nan paden.

"Mai Yeye tin un yerba pa mi pone den e tobo?" Sila a pidi su mama.

"Mi ta tresé pa bo, wardami un ratu." Mai Yeye a bis'é.

Ora e tobo tabata yená ku awa Sila a benta blachi di welensali aden ku Mai Yeye a laga na e porta di kamber p'e. E welensali mester freska *Mefrou* su kurpa i baha e dolónan di wesu. Despues Sila a bai yuda *Mefrou* pa drenta den e tobo. *Mefrou* no tabata ke, pero Sila a keda papia poko poko i gui'é tiki tiki te ora e yega e tobo. El a yud'é hisa pia drenta e tobo. Ora *Mefrou* a sinti e awa kayente i e freskura di e yerba el a hala un rosea grandi i kai sinta ketu.

Sila a kue pida habon, ku su mama a traha i ku un pida paña el a kuminsá frega *Mefrou* su kurpa.

Mefrou a rilèks i hala patras. Bo por a ripará ku el a gusta e trato. Ora e awa a fria basta Sila a yuda *Mefrou* sali bèk for di e tobo, yud'é seka i bisti paña limpi.

Danki Dios pa tur e dianan ku el a bai ku Mai Yeye pa kuida katibu malu den kunuku ku e sa awor kiko pa hasi. Sila a seka e dedenan di *Mefrou* masha poko poko. Nan tabata kòrá i hinchá. Nan lo tabata hasi basta doló. Sila ta spera ku Mai Yeye tabatin un tiki di e krema di Mamawa. E lo bai fia un tiki pa hunta *Mefrou* su dedenan. Awor aki ta esei so por yuda.

E krema ei ta un krema speshal. Mai Yeye sa tuma hopi ora pa traha e krema ei. Trahamentu di krema por tuma mitar dia. Awor aki ta muchu lat si Mai Yeye mester traha e krema. Anto Sila no sa mes si e produktonan ku e mester pa traha e krema lo tei. Tanten e tabata pensa riba e remedi pa *Mefrou* Jana, Sila tabata traha lihé i *Mefrou* a keda limpi i fresku den su bistí di katuna.

El a kai sinta den su stul, tanten Sila a hansha bai kushina pa traha un kòpi te. Pero ora el a yega den kushina el a haña ku Mai Yeye a trèk un trepochi di welensali kaba i a brua un tiki yerb'i hole aden ku algu di anis pa drecha e smak. Tambe el a buta un par di drùpel di sentebibu aden pa kita doló i por último un par di drùpel di valerian. Asina Sila a bai ku su tratamentu den e kòpi te.

Mefrou Jana a bebe un par di slòk promé ku el a puntra ta kiko e smak ei tabata. Sila no a splik'é mashá. "Ta un yerba ku mi mama ta traha tur mainta esei ta, *Mefrou*.
Nos tur ta bebé. E ta yuda bo keda salú."

Mefrou a keda wak e kòpi i a disidí: "E no ta malu. Mi ta bebé numa." Sila tabata aliviá. Danki Dios *Mefrou* a disidí di beb'é.

"*Mefrou* ke kome un pida pan? Òf traha un tiki papa pa *Mefrou*? Tin maishi chikí i tin tamarein tambe."
Mefrou Jana a keda wak Sila. "Masha dia mi no a mira un katibu ku ta sirbi ku grasia asin'ei, mucha. Ta kiko a pasa bo?"

Sila a keda para ku wowo abou i no a respondé. Pero despues di un ratu el a bisa; "Mi mama a siña mi pa sirbi bon, ya *Mefrou* ta kontentu."

Diripiente *Mefrou* Jana a dal un gritu hari atrobe. Ki ki ki... Su harí di galiña.

Sila a hala un stap patras i a keda para ketu. El a duna ofensa?
"Mi no sa kome mainta mucha, mi ta warda pa mèr dia, ta un

bes ei. Si mi mannan lo a habri un tiki lo mi a bai kome na mesa den komedor ku mi yu, pero awor ku nan ta hinchá asin'ei lo mi keda den mi kamber numa. Ya ta kasi un siman kaba ku mi no a bai abou."

Sila a tende un deseo den *Mefrou* su stèm pa bai abou den komedor.

"*Mefrou* mi ta bai wak si Mai Yeye tin un tiki krema pa *Mefrou*. E krema ta bon, e ta kita doló tambe."

Mefrou Jana no a kere e kos ei pero el a laga Sila bai numa. "Trese mi remedi ku Le Docteur a manda pa mi. Mi mester bebe tres drùpel di dje tur mainta. No ku e ta yuda pero mi ta hasié tòg, pasó mi no tin nada otro."

"Si *Mefrou*, mi ta tresé."

Ora Sila a yega den kushina el a topa Sara pará ta wak e ku atenshon. "Kon a bai Sila? *Mefrou* Jana a zundra bo hopi?"

"Nò Sara, e no a zundra mi. Mi a yud'é baña den tobo i mi a traha un awa di freska di welensali. Tambe mi a dun'é un te. Awor *Mefrou* ke su drùpel ku Le Docteur a manda pe."

Sara su boka a kai habri. "Bo a baña *Mefrou* Jana? Kon por ta? Ta ku mashá doló un hende por logra baña *Mefrou*. Hopi bia nan mester yama shon Pe pa bin papia ku *Mefrou* promé ku nan logra bañ'é. Esaki ta bai ku masha zundramentu i insulto."

Sara no por kere ku Sila a logra hasié den un dia na un manera rápido i sin problema.

"Wèl Sila," Mai Yeye a hari, "parse ku Dios a duna bo grasia den bista di bo *Mefrou*. Mi a kere ku ta Dios mes a trese nos akinan."

"Mama ta mira Dios den tur kos." Sila tabata mas realístiko. E no por komprondé un fe siegu asin'ei. Pa rèspèt pa Mai Yeye el a keda ketu. Prinsipal tabata ku *Mefrou* ta kontentu i ku e doló por pasa.

"Atá Sara, na unda *Mefrou* su drùpel di dòkter ta? Anto Mai Yeye bo tin mas krema di Mamawa? Mi ke hunta *Mefrou* su man p'e."

Awor sí, Sara su wowonan a habri manera skòter. "Mishi ku *Mefrou* su mannan? Esei no ta posibel, nunka *Mefrou* no ta laga niun hende mishi ku nan pasó nan ta masha doloroso."

"Mi ta bai purba tòg, pasó mi a duna *Mefrou* un tiki valerian den su te, i esei lo a fria e doló kaba podisé."

Sara a keda para wak mama i yu ku boka habrí. Sila a kana lihé

bai den e kuarto di *Mefrou* Jana bèk. Ora el a yega el a haña *Mefrou* Jana
na soño den e stul. El a para pensa kiko pa hasi. El a disidí di no lanta
Mefrou. Ta e te di remedi lo ta trahando. Sila a drecha e kama i pasa un
basora. El a basha e awa di e tobo afó i
el a warda tur kos. El a kore bai abou pa e kue algun blachi
di yerb'i hole pa e pone den awa riba mesa. Mes ora
e kamber a kuminsá hole dushi i Sila a habri e otro bentana
di e kamber pa airu por pasa.

El a para wak e konoflónan. Kita nan òf no? Talbes e por
warda un par di dia pa kita nan, pasó e no ke pa *Mefrou* rabia.

"Mucha, bo a bin bèk?" El a tende *Mefrou* puntr'é i e ora ei
numa el a ripará ku *Mefrou* a lanta for di soño.

"*Mefrou* ata e drùpelnan di dòkter aki."
Sin niun problema *Mefrou* Jana a habri su boka i tuma e drùpelnan. El
a trèk un kara. "Ha beter," el a bisa.

"Mi mama a manda un krema speshal pa *Mefrou*. E krema tin
brèndi aden anto e ta hasi man suave i kita doló. *Mefrou* ke purba un
tiki?" Sila a puntra.

Yen di speransa Sila a keda para warda *Mefrou* kontestá.
"Talbes un otro dia," *Mefrou* a bisa, "awe mi mannan ta malu i nan no
ta habri pa mi hunta krema".

"*Mefrou*, mi por yuda *Mefrou*. Mi ta hunta e krema riba e
kònòshi so, anto ora e doló bai i e hinchá baha un tiki nos ta hunta
paden di e man."

Mefrou a duda ku e krema di un katibu por yud'é pero el a laga
Sila hasi su kos numa. "Mira bo no hasi mi doló si, pasó mi ta rabia."
El a spièrta Sila.

Sila a kue e kalbas ku e krema aden i a hunta e krema poko
poko riba e kònòshinan kòrá i hinchá. El a smer e krema diki i a drai
e poko poko pa *Mefrou* no sinti nada.

Mefrou Jana a laga Sila hasi tur dos man ora el a ripará ku
Sila a traha kouteloso i ku kasi e no tabata sinti doló. El a lèn patras
i hala un rosea grandi. E airu fresku a dal e den su kara i e tabata
trankil. Hasta su mannan tabata manera ménos due di bèrdat. Asina
el a bolbe kabishá un tiki i Sila a bai lag'é drumi pa e remedinan traha.

*K*apítulo 9

Grasia

Ora di kome mèrdia tabata un bes ei. Sara a pone e tayónan kla na mesa i Sila a yuda karga e kuminda trese paden. Shon Pe a drenta paden, kòrá di solo di kunuku, i a bai laba su man den un skalchi grandi trahá di kalbas di mondi.

Mefrou Jo tambe a drenta, siguí pa nan yu muhé yùfrou Wilhelmina. Manera semper e hende muhénan no a kumindá e katibunan i a kana pasa nan gewon. Shon Pe si sa bisa danki tin bia ora nan dun'é un kòpi di awa òf un skalchi pa e laba su man. Foral yùfrou Wilhelmina tabata mantené un distansha grandi entre e i e katibunan.

Nèt ora e famia a kai sinta na mesa, e porta di komedor a habri i *Mefrou* Jana a kana drenta. Shon Pe a bula lanta. "Mamai, bon dia. Mi a kere ku bo ta malu awe. Mi a bati na bo kamber mainta pero bo no a respondé."

"Sara, pone un tayó mas pa *Mefrou* Jana." *Mefrou* Jo a bisa, pero esei ya no tabatin mester pasó Sara a hasié kaba.

Sila a keda para banda di porta di entrada di komedor ku wowo abou manera tabata pas pa un bon katibu pero e tabata lur di abou pa e sa kiko ta pasando.

Ora *Mefrou* Jana a kai sinta, i e mes a kue su fòrki i kuchú tene, su famia a haña un sorpresa mas. "Mamai, bo mannan ta habri!" Shon Pe no por a kere su wowo. "Masha dia bo mannan no a habri asina bon."

"Mi sa," *Mefrou* Jana a bisa harí. "Ta e remedi ku e mucha ei a trese pa mi."

"Kua mucha, Mamai?" Shon Pe no a komprondé.

"Mi no sa su nòmber. Un mucha ku Sara a trese pa mi. Su mama ta un muhé di medisina ku a traha na Zuurzak kaminda Pápa tabata bai pa kumpra 'nikker'." *Mefrou* Jana tabata drùk ta saka kuminda i e no kier a kontestá mashá pregunta.

Pero su yu i nuera no tabata ni wak e kuminda. Nan tabata ke sa kiko tabata pasando. "Ta ferkalk mamai ta bira ku e ta papia di Zuurzak i kumpra 'nikker' ku Pápa?" Shon Pe a pensa.

"Sara!" Shon Pe su stèm a zona strèn. "Kua mucha Mamai ta papiando di dje?"

"Ta *Mefrou* Jana su katibu nobo, mi shon, e yama Sila. Até aki. Su mama ta muhé di medisina i mi ta kere ku e tambe lo bira muhé di medisina un dia. El a usa un krema ku su mama a kushiná pa *Mefrou* Jana su man.
Tambe el a laga *Mefrou* Jana baña den tobo ku algun yerba pa fresk'é."

"Mamai a baña den tobo sin mi sa?" Shon Pe su stèm a zona strañá

"Mi por haña mi kuminda awor?" *Mefrou* Jana a puntra. "Boso por papia tokante di mi malesanan i higiena despues. Pasó mi no sa kuantu ratu e man aki ta keda habrí, kier men mi ke probechá awor."

Tur hende a hari.

Asta Sila a guli pa e no hari.

Despues di kuminda ku a konsistí di batata dushi, salmou, banana herebé i un bon pida pampuna, Shon Pe a sigui informá tokante di e kambio den su mama. No tabata solamente ku e mama a habri e man pero tambe, ku e mama a baña, tabata bistí limpi, peñá i tabata alegre.

Shon Pe mes a kana bai hiba su mama te den su kamber pa e mira e krema milagroso aki. Ora el a habri porta di e kamber su wowonan a bira grandi. E kamber tabata hole dushi. Bentananan tabata habrí i e bientu tabata pasa dor di esun bentana i sali for di e otro. Ta kon e katibu nobo por a logra habri e bentana?

Shon Pe a laga su mama den su kamber i el a bai sinta serka su kasá riba pòrch i el a komentá, "Nos tin ku paga mas tinu riba e katibunan nobo ei. Tin un kos straño. Bo mester mira kon esun ku ta kuida Mamai a limpia e kamber i asta logra habri e bentananan."

"*Mefrou* Jo a hisa kara for di su buki i bisa: "Habri bentana? Kon por ta? Ni maske kon bo a papia ku n'e e no kier a tende pa bo habri nan. Kon bin el a laga un katibu habri nan?"

"Mi tampoko no ta komprondé." Shon Pe a bisa. "Ora Jan a manda su Fitó mei mei djanochi puntra mi ku si ainda mi por usa un katibu muhé di kas, mi a sospechá un kos. Pero pa mi yuda mi amigu, mi a bisa sí."

"Mi a kere ku ta abo mes a pidié buska un katibu muhé pa kuida Mamai." *Mefrou* Jo a bisa. "Si, bèrdat, luna pasá, ora mi a bai Punda mi a pidi Jan pa yuda mi wak un bon katibu muhé pa kuida Mamai. Pero mi no a pensa ku e lo a trese un katibu pa mi sin mi wak e, di un anochi pa otro. Esei tabata un tiki straño." Shon Pe a bisa tanten e tabata klòp su pipa pa e por huma. "Pero Jan ta hende di hopi peso den Punda. E tin hopi negoshi i plaka. Ta bon pa yuda un hende asin'ei. Kualke dia ta e mes tin ku yuda mi bèk." Shon Pe a bisa, harí.

Mefrou Jo tambe a hari i a sigui bisa: "Ta parse ku el a yuda bo kaba. Bo no a pensa esei ora Jan a kana yega ku kuater katibu muhé di kua un ta un beibi resien nasí, un ta bieu i no por traha mas. Awor ta resultá ku bo a haña unu, te hasta dos, muhé di medisina. Anto un di nan a logra kuida Mamai bon."

"Mihó mi yama nan pa mi mes papia ku nan." Shon Pe a bisa i el a bati bèl.

El a duna Sara respondi pa manda e muhénan di medisina bin den adrei. Shon Pe a sinta ku su sigá i un kèlki di yenefa pa warda nan.

Ku miedu tur tres muhé a skùif drenta. Mamawa a disidí di bai dilanti numa. E no tabatin nada di pèrdè. E tabata bieu kaba. Ta pa grasia di Dios i di su shon e tabata na bida. Nan tur tres a keda para leu for di nan shon i nan no a hisa kara wak e. Nan no a bisa nada. Esei tabata e sistema normal pa un katibu para. Ketu i ménos notabel posibel.

"Hala serka pa mi wak bosnan. Di unda bosnan a bin?" Nan doño nobo a puntra.

Nan a konta Shon Pe loke e sa kaba i e no a keda satisfecho.

"Mi sa ku Mener Jan a trese boso aki. Pero dikon? Dikon bosnan kuater a bin akinan?" Shon Pe ke sa e historia kompletu.

Mamawa a respondé. "Mi Shon, ta katibu nos ta. Nos Mener a bisa nos pa bin aki anto sirbi e kas aki mas mihó ku ta posibel. Nos ta hasiendo esei tambe, nos ta sirbi bon."

"Kuantu aña bo tin?" Shon Pe kier a sa, ora el a mira kon bieu i doblá Mamawa tabata.

"Mi tin hopi aña Shon, mi a mira hopi barku di katibu drenta i sali. Mi taba'tei hopi dia kaba. Mi a mira Tula bringa i muri. Hopi promé ku esei mi a mira Mai Yeye nase. I mi a mira tur mi ocho yunan wòrdu bendé. Awor aki ami ta kuida e hendenan aki i nan ta kuida mi. Mi ta un muhé di medisina poderoso. Mi por usa yerba pa kura kasi tur kos anto mi tin abilidat di mira un mata nobo i traha un remedi di dje. Mi Shon lo no sali malu si mi Shon keda ku nos." Mamawa a kansa di tantu papia asin'ei.

"Mi no tin pensá na bende bosnan," Shon Pe a bisa.

'Ni mi no por bende bosnan pasó bosnan no ta di mi. Ami a djis yuda Mener Jan i tene boso p'e,' Shon Pe a pensa pero e no a bisa e katibunan e kos ei.

"Mi ke sa ken a trata mi mama anto ku kiko."

Sila a dal un stap chikitu asin'ei dilanti. "Ami a hasié Shon Pe, mi mama sa traha e remedi ei pa Mamawa i nos tin bon resultado kuné."

"Splika mi kon e tratamentu ta bai."

Mai Yeye a kuminsá splika kon e tabata meskla brèndi ku vèt pa traha e krema.

"Vèt di porko?" Shon Pe a puntra.

"Si Shon", Mai Yeye a splika ku mas konfiansa awor. Tokante di remedi si e gusta papia. "Mi ta kushiná vèt di porko hopi ora pa e dirti. Den e vèt dirtí aki mi ta pone brèndi."

"Unda bo ta haña brendi pa pone aden?" Shon Pe a puntra.

"No ta fásil pa mi haña brèndi, mi Shon. Esei ta e doló di mas grandi. Tempu mi tabata bai Zuurzak, pa yuda ku e katibunan malu, mi tabata haña e bòter firkantnan pero últimamente no tabatin. Mi a pidi Mener Jan un kèlki di brèndi dos bia. Si mi traha na otro kunuku i si Mener laga mi keda ku e sèn mi sa laga Fitó kumpra un kèlki di brèndi na un bar pero no ta tur ora mi por". Mai Yeye a sigui splika.

"Anto ta e krema di vèt i brèndi aki ta yuda pa doló di wesu?" Shon Pe a puntra.

"No ta e krema so ta yuda Shon Pe, pero e te di welensali tambe ta bon. Tin bia ta purba bo mester purba. Si esun no yuda purba e otro. Ora tin wer di awa òf ta friu e hendenan tin mas doló ku tempu di kalor. Ta p'esei nos ta herebé awa pone yerba i laga e persona baña aden, ya e doló ta baha un tiki kaba."

Shon Pe tabata impreshoná ku e sabiduria di e mu hénan ku ta usa naturalesa pa yuda hende ku nan dolónan.

"Kuantu krema bo tin?" Shon Pe ker a sa.

"Awor aki nos no tin dje hopi ei. Pasó nos a bin purá sin tur nos yerba nan. Ku Shon pèrmití nos, nos por planta un pida tereno chikí banda di kas ku tur loke nos mester. Pa doló di wesu i dede hinchá mi por usa blachi di banana pa mi traha un kataplan di dje. Si nos tin katuna di seda nos por usa esei si e doló ta grave. Welensali mi tin den mi bònder pero si nos por planta un mata di dje esei por yuda pa den futuro. Basora Pretu tambe ta importante pa tin."

Shon Pe a ripará ku el a haña un bon ganga ku e muhénan di medisina aki. El a pèrmití nan kria nan matanan djis banda di nan kasita.

"Mi ke pa boso hasi tur kos ku ta den boso poder pa mi mama ta mas kómodo posibel. Lo bo biba bon riba mi tereno si bo por logra esei. Si bo mester di brèndi pidi mi. Lo mi laga Fitó buska un kaha pone pa nos tin. Por tin mas hende ku e dolónan aki."

Ku man tené Mamawa, Mai Yeye i Sila a bai bèk den kushina kaminda Chichi tabata na soño den un huki.

Kiko e kos aki ta nifiká? Kon bin Shon Pe a trata nan manera ta hende importante nan ta?

"Dios a duna nos grasia den nos kas nobo." Mamawa a bisa ku konfiansa. I tur tres a brasa otro. Asta Sila tabatin ku atmití ku awor sí a parse ku ta Dios su man mes a move pa yuda nan.

1820
Presente,
**Awor ku Chichi a bira mucha grandi,
i e famia tabata biba ku nan shonnan nobo,**
Mefrou Wilhelmina i Shon Moron.

Kapítulo 10

Aña 1820:Awor ku Chichi a Krese.

Ku un wea den su man Sila a para wak leu. E no tabata mira e kushina ku e tabata aden. E pasado a keda pasa dilanti di Sila su wowonan. Asina Sila a kòrda tur e kosnan ku a pasa tempu Chichi tabata beibi. Sin e por yuda e wea a slep for di su man, kita kai i zona duru. Rápido Sila a kue e wea for di suela i bin bei den presente.

E tabatin ku sigui traha. E no sa kon el a hasi pa e sigui sirbi *Mefrou* Wilhelmina manera nada no a pasa e dia ei. Kon *Mefrou* por bis'é trankil asin'ei ku nan tabatin ku wak un bon lugá pa Chichi. *Mefrou* no sa ku ta su yu stimá ku el a kuida asina tantu? Ku el a skonde patras di kas grandi? Pa nan no mira e yu su bunitesa i e yu su liheresa. Awor *Mefrou* ta pensa di bende su yu... Sila su kurason tabata trose den su kurpa.

Pero práktika di hopi aña a lag'é sirbi mesa kabes abou. Ku su wowo i ku kabes el a guia su yu mas mihó posibel. E tabata orguyoso di su yu. Un mucha muhé delegá amabel, bunita i ku un sonrisa den su kurason ku tabata reflehá un bunitesa di paden. Ken lo no ke kumpra
un mucha muhé asin'ei? Kiko nan lo hasi ku su yu? Ora e posibilidatnan pasa den su mente, su kurason a sera. Su paden tabata skur.

Sila i Chichi a sirbi mesa i despues ku e famia a bai sinta riba pòrch pa nan haña nan kòfi, Sila a laga Chichi so rùim òp e tayónan i e mes a kore bai den nan kuarto.

Ai ai ai, Mai Yeye tampoko no tabata tei. Nèt awe el a bai riba kunuku bai yuda un katibu yòn ku tabata pasa den doló di parto.

Sila a kue un pida sèrbètè i tapa su boka kuné i e a laga su kurpa kai riba su matras. '*Mefrou* ke bende mi yu! *Mefrou* ke bende mi yu!' El a kuminsá sklama i keña. El a tene su boka tapá pa e no laga otro hende tende su angustia.

Unda Mamawa ta? Dikon Mamawa mester a muri aña pasá? Sila a kòrda mashá riba Mamawa ku tabata manera un wela p'e henter su bida. Mamawa a kuid'é, papia kuné, siñ'é i mustr'é tur kos ku e mester a sa pa e tabata un bon katibu. Katibu di hende i katibu di Dios. Den e oranan aki Mamawa lo a kuminsá resa mesora p'e.

Mara e mes, Sila, por a resa. Pero kon e por kere den un Dios ku e no por mira? Kon hende por kere den un Dios asin'ei Sila no sa. Pero e fe di su mama tabata krese i krese. Tur djadumingu mainta trempan, tin bia promé ku bira kla den kibrá di mardugá, nan tabata bai serka

Papa Bubu i nan tabata kanta nan kantikanan i toka tambú na tono abou. Papa Bubu tabata 'predikiá'. Sila a yega di bai diferente bia, pero mas pa komplasé su mama. Kon un hende ku no por lesa por 'predikiá' for di un buki ku e no por komprondé?

Papa Bubu tabata mustra nan E buki tur siman. El a yega di haña e buki ei serka un shon. E Beibel tabata na Aleman. Papa Bubu no por les'é. Su speransa tabata ku un dia un di nan por siña lesa i komprondé tur loke tabatin skibí aden. Tanten Papa Bubu tabata predikiá di loke e ta kòrda ku el a siña.

Sila tabatin gana di bai pidi Papa Bubu resa p'e. Pero e sa ku e no por. *Mefrou* lo tabata sperando su kòfi, i ya kaba e lo ta puntra na unda Sila a keda. Ku un esfuerso sobr'é humano i mandá pa kustumber di hopi aña di sklabitut, el a limpia su kara i kana bai den kushina bèk.

Nèt Chichi tabatin e teblachi ku e kòfi kla pa bai paden. "Mai Sila por kue e pòrt?" El a puntra. Ora el a hisa kara wak su mama el a keda pará di vris. "Kiko a pasa Mai Sila?"

"Nos ta papia aweró, pero mi tin doló di kabes. Bo so por atend'é *Mefrou*, ya mi por bai lèg un ratu riba mi matras?"

"Bai numa, mai Sila, mi ta laba kos."

Sila a bai i Chichi a karga su teblachi poko poko bai kuné riba pòrch. Despues di sirbi su shonnan el a bai den kushina i kaba di laba tayó. El a pone un tiki awa herebé pa e traha un kòpi yerb'i hole pa kalma mama. Chichi tabata sa kaba kiko falta Mai Sila. Kasi sigur prekupashon. Mai Sila tabatin kustumber di prekupá muchu pa hopi kos.

Chichi a keda den kushina i na enkargo di su shonnan te ora nan pèrmití e bai drumi. Mai Yeye no a yega ainda. E tabata den kunuku ketu bai.

Chichi i Sila a kai drumi pero Sila a keda drai drai te ora Mai Yeye a yega den mardugá.

Ora Mai Yeye kana drenta el a haña Sila sintá ta ward'é.

"Mai Yeye mi a purba resa awe pa Dios yuda mi pero mi no ta kere ku mi a hasié bon." Sila a bisa kabes abou. Mai Yeye a ripará mes ora ku algu a pasa. Su wowo a bai e matras di Chichi i e tabata aliviá ora el a mira Chichi trankil drumí.

"Kiko a pasa bo Sila? Dios a skucha bo sigur. E lo yuda nos manera semper El a yuda nos." Mai Yeye a pone su makutu di yerba abou i a pasa un sèrbètè na su kabes. Su lomba tabata doblá i su kara tabata mustra kansá. "Sila, nos no por hasi nada otro ku konfia Dios i tene fe. Kiko a pasa?" Mai Yeye kier a sa.

"*Mefrou*Wilhelmina a bisa mi ku e ta bai buska un bon lugá pa Chichi." Sila a kansa di yora pero ora e papia e palabranan ei, awa ta bolbe basha for di su wowonan.

Mai Yeye a span dos wowo i kai sinta. "Kiko bo di Sila? *Mefrou* ke buska un lugá pa Chichi?" Su stèm tabata abou abou pa Chichi no lanta for di soño i tende e notisia ei. Mai Yeye a komprondé mes ora kiko e notisia ei ta nifiká!

Mai Yeye a keda pensa. Sila a snek un tiki den sukú. Chichi su rosea tabata zona kla i trankil. E tabata bon na soño. E no tabata sa di nada.

Despues Mai Yeye a kibra e silensio i a bisa: "Esta duele ku *Mefrou* Jo i Shon Pe a bai Hulanda bai biba. *Mefrou* Jo nunka lo no a bende un di nos. Despues ku bo a kuida Shon Pe su mama asina bon te dia el a muri, nan tur dos a siña respetá nos. Shon Pe a primintí di laga nos keda semper huntu. Pero awor ku ta nan yu ta *Mefrou* i su kasá, Shon Moron, nos no tin niun hende pa wak pa nos... Sila esaki si ta duru."

"Mi sa, Mai Yeye. Promé *Mefrou* Jana a muri ketu den su soño. Despues Mamawa, trankil asin'ei a bai sosegá, despues *Mefrou* Jo i Shon Pe a bai Hulanda i ata nos awor ku *Mefrou* Wilhelmina i Mener Moron aki, ku ke bende nos yu! Sila a bisa ku un paña primí na su boka.

"Nos mester resa awor si mi yu. Mi sa ku bo a duda hopi tempu den Dios. Pero awor aki ta orashon so a sobra nos. Si *Mefrou* Wilhelmina pone su mes pa bende Chichi, no tin nada pa strob'é. Nos ta su propiedat. Ta Dios so por libra nos."

Poko poko Mai Yeye a kuminsá hasi orashon i niun hende no a papia mas.

Pa su siguiente dia mes nan a ripará ku *Mefrou* tabata serio. El a manda yama Sila i Chichi i a manda Sila siña Chichi kose, kushiná i tratamentu básiko di enfermonan. Nan ke bende Chichi komo muhé di medisina.

Mes ora Mai Yeye a manda yama Papa Bubu pa e pasa na kushina ora e haña un chèns. El a spera ku Papa Bubu lo tei. Papa Bubu tabata un artesano renombrá i hopi bia su shon ta hür e ku otro lugá. Asina su shon tabata kolektá sèn p'e. Papa Bubu no tabata wòri pa bai otro lugá pasó ei e tabata haña chèns di papia ku tur sorto di hende i e por kompartí e bon notisia i siña di nan tokante di fe. Hopi bia nan tabata sinta te mardugá i 'pone beibel huntu.' Esaki tabata e práktika di sinta konta otro tur kos ku nan sa di e beibel. Algun katibu por spèl i asta lesa i tin bia Papa Bubu tabata laga nan lesa un pida for di e beibel. Pero nan no tabata komprondé mashá, pasó nan no tabata papia Hulandes, ni Aleman. Hopi katibu a bin for di nan pais ku nan mes kreensha. Nan tabata gusta traha nan pochinan i nan pipitanan di suerte pa mara na nan man òf garganta. Papa Bubu semper tabata papia ku nan i splika nan e amor di Hesus pa hende i kon nan mester sirbi Dios so.

Na un otro Kunuku Papa a topa un mucha hòmber ku un beibel na Spañó i e sí por lesa un tiki. Papa gusta kombersá kuné. Asina e haña un bon èksküs e tabata bai e kunuku ei pa e traha i papia ku e mucha hòmber ei.

E anochi ei mes, rumannan di e grupo di orashon a reuní bou di palu di tamarein pa hasi orashon. Chichi i Sila tambe a bai.

Den e dianan ku a sigui Mai Yeye a buska algun lapi di sak'i maishi i Chichi a kuminsá siña kose.

Chichi mes tambe a keda tur tristu i kada ratu e tabata yora. Sila i Yeye mester a para riba dje pa e siña kushiná i tambe sigui kose tur dia. Tur anochi un ruman di grupo di orashon tabata pasa na nan kuarto, pa hasi orashon ku nan, promé ku nan bai drumi. Tin bia Papa Bubu tambe tabata bin.

Dia Chichi a sirbi su promé kuminda, ku e so a kushiná, *Mefrou* a keda boka habrí. E no a ferwagt Chichi siña dje lihé ei pero Chichi tabatin hopi aña ta yuda den kushina kaba i tabata fásil pa e mes hasi e trabou.

"Mi ta kere ku otro siman mi ta laga bo sa, Sila." El a bisa.

Sila no a kontestá. E no por a kontestá. Ora *Mefrou* a mira su kara *Mefrou* a bis'é: "No prekupá Sila. Mi ta buska un bon kaminda pa e bai. Nos no tin mester di tres muhé di medisina den e kas aki anto e lo por yuda bon serka mi amiganan ku tin niun. Nan lo no trat'é malu."

Ku masha esfuerso Sila por a sakudí kabes i bisa: "Ta bon *Mefrou.*"

Den kushina el a para yora i despues el a saka un kareda bai buska Papa Bubu pa resa kuné. Pero nèt Shon Moron a kaba di manda Papa Bubu bai traha na un otro kunuku pa algun dia i e no tabata tei. Sila a topa Legio na kaminda i el a splika Legio e situashon. Legio tabata un katibu grandi, kolo skur skur ku tabata traha duru den kunuku. Ta e tabata e man drechi di Papa Bubu.

Mes ora Legio a bisa: "Sila no entregá. Tene fe. Awe nochi nos ta bin resa. Ban konfia Dios huntu."

Sila a sintié un tiki mas mihó i el a bolbe bèk kas.

E anochi ei masha hopi ruman a bin bou di pal'i tamarein bin resa. Asta hende ku nunka no sa bin hasi orashon tabata tei. Tin diferente di nan ku, apesar ku nan tabata kere den nan mes kosnan di suerte, tòg a bin sinta bou di palu i tende Legio papia i resa.

Mai Yeye no por a bin pasó e mester a keda serka di kushina pa si *Mefrou* yama. Pero el a primintí di sigui resa kontinuamente.

Ora Sila a mira tur e hendenan tabata hasi orashon ku hopi fe pa su situashon, su kurason a kuminsá bati ku un speransa nobo. E stima su yu asina tantu ku e ke mira e mihó pa su yu. Ku un tata sinbèrgwensa, ku no a rekonosé su yu trahá ku katibu, manera Mener Jan tabata, ta e so a sobra pa wak bon pa Chichi. Pero pará bou di e pal'i tamarein aki el a realisá ku Dios tambe tei pa yud'é wak pa Chichi. El a sera su wowo i sklama na Dios.

Su siguiente dia Sila a lanta manera tur dia normal kuat'or di mardugá i a hasi su trabounan mas mihó posibel. Sin e prekupashon pa su yu e tabata un trahadó alegre, rápido i kla pa sirbi. E sa ku *Mefrou* Wilhelmina tabata fásil si bo traha bon. E no sa usa e richi pa suta katibu di kas. E no sa rabia ni reklamá na mal òrdu. Nunka el a laga Fitó bin pa suta niun di nan. Ta p'esei mes Sila tabata wak bon pa e hasi loke e tabata kere ku *Mefrou* lo ke, ya *Mefrou* no tabatin nodi di ni pidi. Asina el a eduká Chichi tambe. "Wak bo shonnan pa bo sirbi nan promé ku nan pidi bo." Meskos ku Mamawa a siñ'é traha, e tabata siña Chichi.

Henter e siman ei e grupo di orashon a keda topa otro bou di palu di tamarein. Sila a ripará bon bon kon *Mefrou* a keda ta vigilá Chichi. Mas Sila mira esaki, mas e tabata resa. Sila a dal tene duru na Dios den su tristesa.

Tur djadumingu despues di desayuno, e katibunan di kas tabatin algun ora liber. Nan tabata prepará e kuminda di mèrdia i pone tur kos kla. Despues nan tabatin mag di bai nan kuarto i regresá te ora di kome anochi. Pero e djadumingu aki si no. *Mefrou* a manda yama Mai Yeye i esaki no a bin bèk. Sila i Chichi a usa e tempu pa nan bai hasi orashon bou di palu di tamarein pero orashon a kaba basta ratu. Sila i Chichi a kana bin nan kuarto bèk i nan a sinta riba nan piedanan pafó bou di un palu di mango ku tabata krese djis banda di nan kuarto. Einan sintá, nan por wak porta di kushina di kas grandi. Nan tabata pendiente di Mai Yeye. Algu mester tabata pasando. Sila a bai paden i a traha un bònder pa Chichi por bai kuné si ta bende nan tabata bai bend'é. El a pone un ponchera, algun lapi di sak'i maishi, algun habon, algun yerba pa remedi i Chichi su shimis bieu den e bònder. Asina Chichi lo no yega su kas nobo sin nada. Ku un kurason pisá el a hasi e trabou aki rápido pa Chichi no ripará.

Chichi a kue su kos di kose i a sigui traha riba su kosementu. Sila a kai sinta banda di dje i a keda wak pariba. Niun moveshon na e porta di kushina. Niun hende no a bisa nada. Legio a kana yega i tambe algun ruman mas di grupo di orashon. Despues algun ruman mas a kana yega. Tur hende tabata warda Mai yeye sali. Tabata reina un espektativa. Legio a kuminsá kanta poko poko. Tur hende a kai aden. Te banda di 4 or di atardi e porta di kushina a bula habri i Mai Yeye a kore sali. Sila a lanta purá for di su pieda i tur hende a lanta para pa wak si ta notisia tin.

Mai Yeye a kore yega seka i tabata zuai su mannan. "Sila, no prekupá, Dios a skucha nos orashon. Chichi por keda serka nos!"

"Kiko?" "Kon?" "Ken a bisa?" Yen pregunta tabata wòrdu lansá i Mai Yeye no por a kontestá nan tur pareu. E mes tabata muchu emoshoná pa e papia. E tabata hari i yora pareu. Ku su saya el a seka su wowonan anto el a bisa; "*Mefrou* tabata sinti su kurpa malu basta dia kaba. El a manda yama Le Docteur for di Punda i el a yega awe. Anto a resultá ku *Mefrou* tabata na estado. Pero e lo mester keda den kama. Le Docteur ke pa mener kumpra un katibu yòn ku forsa pa kuida *Mefrou* kontinuamente te ora e yu nase. Anto pa despues e katibu bira yaya di e yu. *Mefrou* so lo no por atend'é, e mester di yudansa." Mai Yeye a hari.

"Pero nos no mester kumpra un katibu yòn ku forsa." Sila a bisa. Paso nos tin un kaba! Chichi!"

"Asina mes!" Mai Yeye tabata hari. "Asina mes mi a bisa Mener. Anto nan a bai di akuerdo pa mi trein Chichi pa e kuida *Mefrou* i despues bira e yaya di e beibi."

Tur ruman a brasa otro. Hari i yora i bolbe brasa otro. Chichi tambe tabata hari i yora pareu.

Legio a kuminsá resa un orashon di gradisimentu i tur hende a kai aden. Nan a keda papia te ora a yega e momento bai bèk paden pa traha atrobe.

Promé ku tur hende lanta bai Legio a lanta para i pidi palabra: "Mai Yeye, kon malu *Mefrou* ta?"

A reina un silensio.

Tur hende a drai kara wak Mai Yeye.

Ku esun pregunta ei Legio a trese nan na un komprendementu total. Niun katibu no ke un *Mefrou* malu. Un *Mefrou* malu ta un peso grandi pa kualke kunuku. Bida di e katibunan tabata duru kaba pero ku un *Mefrou* malu nan por fèrwaktu un Mener ku hopi nèrvio i hopi mas chèns pa haña sla. Anto si un shon muri semper situashon di un kunuku tabata kambia i katibunan tabata wòrdu bendé.

"E ta malu di muri?" Elda, un katibu muhé flaku a puntra ku miedu.

Mai Yeye a keda ketu pensa. "Rumannan mi ta kere

ku awor ku Chichi ta bon nos mester kuminsá resa pa *Mefrou* su salú. Mi mes lo kuid'é pa e ta mas mihó posibel. Laga nos tene fe den Dios."

Asina tur hende a bolbe baha kabes i resa i despues tur a bai mas trankil. Mai Sila, Mai Yeye i Chichi i bai bèk den kas grandi pa sirbi e kuminda di atardi.

Kapítulo 11

Beibi Chris

Manera Mai Yeye a premirá, *Mefrou*Wilhelmina a keda na
kama kasi henter e embaraso. Chichi tabata para way'é tur mèrdia pa
e por drumi. Nan tur huntu a pone man pa kuida *Mefrou* mas mihó
posibel. Grupo di orashon a resa sin kansa pa *Mefrou*. Mai Yeye a
kushiná mas saludabel posibel i a stòp di duna *Mefrou* kos ku tabatin
salu aden.

Chichi i Sila a yuda *Mefrou* kose paña chikí pa e yu. Tambe nan
a kose paña di kama i kortina pa e yu su kamber.

Tin dia *Mefrou* tabata mas mihó i e tabata lanta i kana den kurá
un tiki. Otro dianan e tabata keda den kama henter dia i Chichi tabata
keda den kamber kuné. Den huki el a pone un kama di habri abou i
hopi bia e tabata keda drumi einan pa e yuda *Mefrou* den anochi.

***

Dia di parto nan a manda buska Le Docteur for di Punda. E
parto a dura muchu hopi ora pero despues di tur e dolónan, un yu
hòmber a nase, 'Christiaan'. *Mefrou* a manda yama Sila i Chichi i
asina Chichi a bira yaya di e yu chikí aki. E yu tabata muchu flaku i
suak. E frumú ku a bin ku Le Docteur a entregá e kriánan e beibi pa
nan bai kuné su kuarto pa kuminsá kuid'é. *Mefrou* mes a keda
den kama, leu fo'i dje.

Mai Yeye i e grupo di orashon a resa di dia i anochi pa
Mefrou. Un katibu sa kon fásil tabata pa un yu chikí muri den e promé
simannan di su bida.

Mener a manda buska un 'katibu mama' ku lechi di pechu
pa duna Christiaan lechi. Mai Yeye tabata wak e situashon aki mashá

preokupá. E tabatin gana di bisa *Mefrou* pa no laga un katibu muhé duna beibi Christiaan lechi. Mai Yeye tabata kombensí ku kada mama mes, mester duna nan yu lechi ya e yu lo krese mihó. Lástimamente no tabata usual pa un katibu duna su opinion riba kosnan di su shon. Resa so, Mai Yeye por a resa.

Su siguiente mainta Chichi a bin tur prekupá pa papia ku Mai Yeye. Beibi Chris no ke bebe. El a rechasá e katibu su lechi. Awor sí, Mai Yeye tabatin ku aktua. El a warda te despues di kòfi ora e mira Shon Moron sintá riba balkon.

El a yega i keda para ketu na entrada sperando pa Shon Moron puntr'é algu òf dun'é pèrmit pa papia.

Shon Moron tabata huma su sigá i no a bisa nada. Mai Yeye a keda para warda ku pasenshi. Ora Shon Moron a kaba di huma henter e sigá, el a hisa kara wak Mai Yeye; "Ya? Kiko a pasa?" "Mi Shon, beibi Chris no ke bebe serka e katibu muhé. E ta muchu frágil pa e pasa hopi ora sin bebe... E ta yora so. Si e keda yora sin bebe, e lo no tin forsa, ni pa yora mas."

Mener a bula lanta. "Na unda e beibi ta?"

"E ta huntu ku e katibu di lechi i su katibu Chichi den su kamber, mi Shon."

Mes ora Mener a kana bai pa e mes wak. Djaleu kaba bo por a tende un yoramentu profundo di e beibi chiki. E katibu di lechi tabata pará ta soda i ku miedu e tabata purba sakudí e yu i kanta p'e pa purba kalm'é. Pero beibi Chris no ke kalma. E tabata yora te snek.

"Dun'é bo pechu nò!" Mener a grita. El a hisa man i dal e katibu un wanta.

Purá e katibu a lubidá tur sentimentu di modestia i a saka su pechu amplio pa duna e yu. E lechi di e katibu tabata drùpel for di su pechu. Tur hende por mira ku su pechu tabata yen yen. Beibi Chris a laga e lechi kore riba su kara sin chupa. El a keda grita mas duru. El a bira kòrá kòrá i a kuminsá snek profundo. E no tabata kue e pechu tene. E lechi di e katibu a keda riba su kara.

Mai Yeye a dal un stap dilanti. "Mi Shon, e beibi mester di su mama. E ta suak. E ta chikí. Si mi Shon ke, mi ta traha un te speshal pa *Mefrou* bebe pa yena su lechi i pa dun'é forsa pa e mes por duna beibi Chris lechi."

Shon Moron tabata hopi rabiá pero el a mira ku e katibu di

lechi a hasi su bèst, ta e beibi mes no tabata ke bebe. El a ordená Mai Yeye pa tuma e beibi i hib'é serka *Mefrou* i despues traha e te pa *Mefrou*.

Mes ora Mai Yeye a saka man pa tuma e beibi i e katibu di lechi a dun'é e beibi ku alivio.

Shon Moron a kana bai serka *Mefrou* ku tabata drumí manera ta flou el a kai. Su koló tabata blek i su lep kasi blou. Mai Yeye a komprondé ku el a pèrdè di mas sanger. Mes ora su mente a kuminsá pensa riba yerbanan ku e lo por kushiná pa *Mefrou* haña forsa bèk.

Shon Moron a splika su kasá e situashon. Esaki no a parse di a komprondé mashá bon. Tòg el a bai di akuerdo pa duna e yu lechi na pechu. Su enfermera privá ku su unifòrm blanku i su kapa riba su kabes, a pura hala serka pa e tuma e yu for di Mai Yeye pa e yuda *Mefrou*. Pero Mai Yeye a tene e yu duru i a bira lomba purá pa e enfermera. E mes por. E mes ke atendé e yu aki pasó e sa kiko mester sosodé! El a papia poko poko ku *Mefrou* manera *Mefrou* mes tabata un beibi. Despues el a pidi Shon Moron pa e otro hendenan sali for di kamber pasó e yu mester di sosiegu total. E yu tabata muchu kansá kaba di yora.

Huntu ku Chichi, Mai Yeye a bòltu *Mefrou* riba su zei i a limpia e pechu ku un pida paña ku awa. Despues nan a pone e beibi na e pechu. Diripiente manera ta un kònòpi a paga, e yu a keda ketu. Golos e tabata ranka na e biki. Su boka tabata blo lòs pero e tabata sigui purba. E tabatin set.

Mener a habri porta i lur paden pa wak ta kiko tabata pasando i dikon e yu a keda ketu. El a mira Chichi pará ku un wayer grandi ta waya airu pa *Mefrou* miéntras Mai Yeye tabata pasa awa friu riba *Mefrou* su kabes. Pa promé bia den e tempu ku Shon Moron tabata biba den e kas aki el a pone atenshon na e katibunan. Normal nan tabata asina ketu i dósil ku kasi e no sa mes ku nan tei. E no sa papia ku nan, ni e no sa tende nan. Ora e mester di un kos e kos ta paresé p'e, mayoria bia sin ku el a puntra. Te el a kustumbrá ku nan ku el a pensa ku nan tabata gewon. Awor diripiente el a mira nan abilidat di dil ku e hende malu, i e amor ku nan tabata demonstrando pa su kasá.

E zùster ku a bin for di Punda sí, no a keda kontentu ku e trato ku el a haña serka poko katibu. Na lugá ku e tabata yudando su pashènt, manera Le Docteur a instruyé, ata dos katibu a sak'é for di kamber i nan tabata atendé su pashènt. Pa kolmo ta Shon Moron mes a orden'é pa sali for di e kamber, ta p'esei e no por a hasi nada. Awor e ta sintá pafó ta warda ki ora e por yuda.

Sila a kore bai pone awa herebé i ora esaki tabata kla el a trèk un te stèrki di yerba pretu. E sa ku e te aki ta laba e matris mes ora i saka tur sobrá kos sushi afó. El a kuminsá mula poko simia di zjozjolí pa e traha un kuki plat chikí kuné pa e pone banda di e te. Esei tabata pa stimulá *Mefrou* su lechi. Ora el a bai bèk ariba el a mira ku *Mefrou* tabata na soño i beibi Christiaan tambe. Tur tres muhé tabata kontentu. "Chichi bai kue un stul di zoya grandi pon'é den e huki aki." Mai Yeye a pidi Chichi.

Chichi a bai den adrei i trese e stul. Nan a trese un mesa chikí tambe pa pone banda di e stul. Ora Shon Moron bin bèk, Mai Yeye a splik'é ku e ta kere ku e yu ta muchu chikí pa e keda na bida, si e no tin un kuido speshal.

Shon Moron a bira blek blek i e keda wak Mai Yeye ku wowo grandi. Ya el a manda buska Le Docteur bèk for di Punda pero kasi sigur ta te mayan e lo yega Kunuku. Mai Yeye a splik'é ku lo tabata bon pa *Mefrou* Wilhelmina tene beibi Chris serka di su kurason tur momentu pa e beibi haña e kayente i tende e kurason di su mama i tambe pa e tabata serka di e pechu ora e mester bebe. Mai Yeye tabata kere ku esaki lo ta e úniko kos ku por hasi pa kuida Beibi Chris bon.

Shon Moron no sa kiko pa bisa pero el a laga e muhénan hasi manera nan tabata kere ta mas mihó.

Mai Yeye a lanta *Mefrou* Wilhelmina for di soño i Sila a yud'é bebe e te i kome e kuki. Ora *Mefrou* a kaba di bebe i kome, Mai Yeye a ripará ku e tabatin mas koló den su kara.

"*Mefrou*, nos por traha un saku chikí pa hinka Christiaan aden i *Mefrou* ta ten'é serka di *Mefrou* su pechu." Nan a splika *Mefrou* kon nan ke trata pa beibi Chris bira mas fuerte.

Mefrou Wilhelmina tabata suak i sin forsa, anto el a wak su kasá pa yudansa. Nan niun di dos no tabata sa kiko pa hasi. Nunka promé nan mester a skucha di un katibu. Pero Shon Moron a ripará ku Mai Yeye sa di kiko e tabata papia. El a aseptá tur trato ku Mai Yeye proponé.

Chichi a bai buska un bon pida lapi di katuna ku tabata suave i nan a mara beibi Chris na sistema Afrikano riba *Mefrou* su pechu. Beibi Chris no a lanta for di soño den niun di e moveshonnan aki.

"Pero pa kuantu tempu mi mester kuid'é speshal asina'ki?" *Mefrou* ke sa. E tabata preokupá pa kana henter dia ku un beibi riba su kurpa. "Ta hopi kalor e dianan aki."

"*Mefrou*, mi ta kere ku por dura sigur tres siman. Laga nos bisa te ora beibi Chris por bebe bon, pa e pasa tres òf kuater ora sin bebe. Pero mi a pone un stul di zoya pa *Mefrou* den e huki aki pa *Mefrou* por sinta nèt den e bientu aki di e bentana. Si *Mefrou* sinta ku lomba, *Mefrou* ta haña e airu sin ku beibi ta haña friu."

Shon Moron tambe a sakudí kabes. "Bon plan."

"No wòri ku kalor *Mefrou*. Nos ta bin waya *Mefrou* ora ta de-masiado kalor. Anto tres siman ta pasa un bes. Kontal ku beibi Christiaan krese bon."

Asina nan a enkurashá *Mefrou*.

Tur e dianan siguiente nan a keda bin yuda *Mefrou* kada ratu ku e yu. *Mefrou* mester a hasi un esfuerso pa e bebe i kome. Su kurpa tabata suak. Pero ku yudansa di su katibunan e tabata por a kuida e yu tòg.

A dura dos dia promé ku Le Docteur por a yega na e plantashi. Ora Shon Moron a kont'é tur loke su katibunan di medisina a hasi pa nan *Mefrou*, Le Docteur a keda babuká. El a yega di tende di katibunan ku tabata praktiká medisina pero e no a topa niun nunka. For di dia el a baha for di barku el a biba na Fort Amsterdam i tabata yuda tur shon ku manda yam'é. E tabata mas un 'chirurgein' ku e tabata un frumú. El a keda enkantá ku e solushon di e saku kologá na *Mefrou* su garganta, ku e muhénan di medisina a presentá pa nan *Mefrou*. Esaki el a bisa Shon Moron tambe. Huntu sintá riba pòrch - humando sigá nan a komentá e sistema di sklabitut, ku no tabata rekonosé abilidatnan di un hende, djis pasó su koló ta di tal forma òf pasó el a nase yu di un katibu.

Le Docteur a ofresé pa kumpra un di e katibunan muhé for di Shon Moron. "Bo tin dos muhé di medisina, anto ami mester di un. Sigur si e ta frumú. Bende mi un, no."

Shon Moron no ke tende di e kos ei. Ku su señora malu asin'ei i un beibi suak e lo ke asta kumpra un muhé di medisina mas aserka si e tabata sa na unda ta haña unu kumpra.

***

Ku e kuido di beibi Chris i ku *Mefrou* Wilhelmina
rekuperando poko poko e katibunan a drenta un periodo di hopi tra-
bou. Huntu ku *Mefrou*, e beibi suak, nan mester a sirbi e zùster tambe
i Shon Moron ku a keda sin bai traha pa hopi siman.

Pero poko poko *Mefrou* a kuminsá rekuperá i tabata produsí
mas lechi. Mai Yeye a papia ku e Fitó i a manda e katibun di lechi bèk
na su mes hùt p'e por kuida su mes yu. Ya *Mefrou* Wilhelmina no ta ni
pensa pa bolbe purba kuné. Laga e yu bebe lechi serka su mes mama.

Chichi a tuma e kuido di beibi Chris kompletamente riba
dje. Awor e tabata manera un mama pa beibi Chris. Poko poko beibi
Chris a kuminsá bebe mas mihó i e tabatin forsa pa e hisa kabes i pa
yora ora e ke kome.

Mefrou a kuminsá kana den kas i tur hende a keda mashá kon-
tentu dia *Mefrou* Wilhelmina a bolbe bin den komedor pa kome huntu
ku su kasá.

Ta sigui un temporada ku hopi di *Mefrou* su amiganan tabata
bin bebe kòfi òf te serka dje. Tur dia Chichi tabata bisti beibi Chris
nèchi pa nan presentá e beibi na e bishitanan. Chichi no tabata sirbi
na mesa mas. E tabata keda ku beibi den kamber, hasié soño i
kompañ'é te ora *Mefrou* bai drumi. Ora solo baha un tiki Chichi
tabata kana rònt den kas i pafó ku beibi Chris mará na su kustia i nan
dos tabata inseparabel. Mai Yeye a traha un ko'i hunga pa Chris i
entre su mama i e tres katibunan Chris tabatin un bon bida. El a keda
un beibi delegá i sin hopi resistensia. Pero e tabata inteligente i lihé.
Mai Yeye tabata kushiná tur su kos dushinan p'e. I promé ku el a hasi
un aña el a kana kaba.

*K*apítulo 12

Diabel den Kas

Un atardi Shon Moron a drenta den kas despues di un dia den kunuku. El a tende masha beheit i gritamentu den adrei. Ya komo ku esei no tabata kustumber na nan kas el a kana bai lihé pa wak kiko ta pasando. Ora el a habri e porta di adrei drenta, el a riparà ku e tres katibunan muhé tabata sintá plat abou den su adrei i nan tabata bati man i hari. Mei mei di nan, beibi Chris tabata pará! Anto ku un smail riba su kara e tabata grita "baba bab ttaaataaa". Ora el a kaba di bisa esei el a dal un stap den direkshon di Chichi. E muhénan tabata bati man i enkurashá Chris pa dal un stap mas.

Chris sí, a mira su tata drenta i el a sak, bai riba su rudianan i kuminsá gatia bai lihé serka su tata. Purá tur katibu a bula lanta i pone nan kara règt. Mai Yeye a keda hala su kèpi pa drech'é, sin por logra. Ora beibi Chris a rank'é, el a lòs i beibi Chris a hari mashá kon e por lòs e kèpi di Mai Yeye.

Shon Moron a keda wak nan i lihé nan a pidi pèrmit pa bai den kushina.

Shon Moron no a bisa nada, el a keda wak nan te ora nan a sali adrei bai. Pero e no por a lubidá e esena ku el a kaba di mira. Kon e muhénan a lubidá tur dekoro i a sinta hunga ku su yu. Ku un amor di wela òf mama pa e mucha ku lo krese i bira nan doño! For di dia *Mefrou* a duna lus, shon Moron a konosé su katibunan di kas muchu mas mihó. Nan a bira kasi hende p'e. Anto awe atrobe nan a logra sorprendé. E manera ku nan tabata sintá abou ta hunga ku e mucha no parse nan, ora nan tabata pará ku wowo abou ta sirbié na mesa. Tur esakinan a pone Mener Moron pensa mas ainda riba su katibunan. Den su kurason e tabata sa ku bida di su famia ta den nan man.

***

Beibi Chris a hasi dos aña i tabata papia kaba. E tabata un mucha felis i kontentu. Kla pa hari i yen di trabesura. Chichi mester a wak e ku kuater wowo pasó e tabata kla pa kana òf asta kore bai hasi loke e ke, sin tene kuenta ku peliger. Pero Chichi tabata kuid'é manera un mama chikí. E tabata stima e mucha i semper nan dos tabata huntu.

Chichi tambe a krese i a haña su promé invitashon pa 'tene man'. E mucha hòmber tabata Bois di Kunuku. Bois tabata yu di e smet ku tabata biba na nòrt di e Kunuku. Bois su tata tabata un hòmber ku fishi na man. E tabata traha tur kos ku un hende por tabatin mester den kas. El a manda Bois diferente bia den kushina serka Mai Yeye pa yud'é ku algu i asina Bois a mira Chichi. El a puntra su tata si e por pidi Chichi kana den kurá kuné.

Beto, tata di Bois, no tabata mashá kontentu ku e kos ei. "Mi yu, mi ta traha asina duru pa nos por kumpra nos libertat. Un par di aña falta i nos lo no ta katibu mas!" Beto su wowonan tabata lombra. Danki na su fishi e por bende kos i sobra sèn pa e spar pa kumpra su mes i su famia liber. Delaster un sèn ku e por warda e tabata warda pa esei.

"Bois, mi sa ku Chichi ta un dams mashá bunita i amabel. E tambe lo bira un muhé di medisina meskos ku su mama i wela, pero abo ta bai ta liber. Lo bo por kasa den futuro. Lo bo por tin bo mes nòmber i fam. Bo yunan lo tin bo fam. Dikon bo ke wak un muhé katibu? Lo kosta nos hopi aña pa paga pa kumpr'é liber. Anto e ora ei e ta bieu kaba."

Pero Bois tabata determiná. El a gusta Chichi mes. "Papai, e ta nèchi anto di bon manera. E no ta kana tene man ku tur katibu yòn. Anto nunka e no ta hasi wowo ku shon. Mi tin rabia riba mucha muhé pretu ku, ki ora ku shon ta banda di nan, tin ku hasi wowo kuné i purba gana su fabor. Ami si no ke un kasá ku ta dispuesto na kompartí ami ku mi shon." Bois a rel. "Chichi su wela ta bai orashon tur siman tambe serka Papa Bubu i hopi bia Chichi ta bin. Papai, mi ke kana kuné tòg." Asina a sosodé ku Beto a pasa den kushina serka Mai Yeye i Bois a kuminsá kana den kurá ku Chichi. Tabata nèt promé ku Chichi a hasi 15 aña. Sila i Mai Yeye a wak e kos ku wowo un tiki dudoso. Nan sa ku Beto ke kumpra su libertat i si esei sosedé e lo bai biba leu for di nan. Anto un katibu no por kasa. Ta kon ta bai hasi? Pero tur hende tabata di akuerdo ku Bois i Chichi tabata un pareha ehemplar. Bois tabata nèchi mucha hòmber ku bon manera i e por a asta skibi i lesa un tiki. Esaki tabata danki na algun lès ku su tata a paga pa el a bai den skondí. Sila a vigilá e romanse i a riparรก ku poko poko e tabata bira mas serio. Despues di kasi un aña di kana huntu Sila tabata spera un ora pa otro ku Beto lo bin papia kuné. Di un banda e tabata kontentu pa Chichi ku el a haña un mucha hòmber desente asin'ei. Pero di otro banda e tabatin duele ku su beibi lo bai for di den nan kuarto i bai biba ku Bois i Beto den nan hùt.

Sila no ke preokupá. E biaha aki el a asta resa pa esaki. Anto ainda e tabatin ku pidi *Mefrou* pèrmit pa e relashon entre Bois i Chichi. Anto e sa ku asta si e haña pèrmit ku nan por biba huntu esaki no ta nifiká ku nan por kasa. Un ora pa otro Mener por disidí di bende kualke di nan i kibra e unidat.

Diripiente riba un dia *Mefrou* Wilhelmina a pidi Sila pa prepará dos kuarto fresku pasó nan tabata bai haña bishita di un tanta i un primu for di Hulanda. Nan lo bai keda tres luna na Kòrsou. Asina a sosodé. I na e momentu ei Sila no por a sa ku ta un kuarto pa un demoño e tabata drechando. Ku konfiansa di un katibu, bibá den un kas trankil, el a lubidá mes kon bida por tabata duru pa katibu den man di mal hende.

Dia e Mener i *Mefrou* a yega nan a sirbi nan manera tur otro. Mener Jacob tabata un hòmber seku sin grasia, haltu delegá ku un kara kòrá, flaku i sin alegria. Su mama *Mefrou* Louise tabata un muhé chikí rondó i ku un kara será i mal kontentu. Su pañanan tabata hole mùf i nan tabata muchu pèrtá pe. Mama i yu tabata na Kòrsou pa tres luna atrobe despues ku nan a biba hopi aña akinan i a regresá Hulanda. Awor ku Mener a muri nan a bin bèk pa Jacob wak na unda el a nase i pasa su hubentut. Pero nan tabatin hopi problema ku e solo kayente. Na mesa ta riba esei so e tópiko a drai, kon kalor ta, kuantu stòf tabatin i kon seku tur kos tabata.

Sila a pasa na man drechi di *Mefrou* Louise pa yena awa fresku p'e, ora el a tend'é ta papia tantu asin'ei di kalor. *Mefrou* Louise ku no a spera esaki a bira i dal den Sila. E awa a basha i muha su paña.

Sila a spanta. Mes ora el a kue un sèrbètè pa seka *Mefrou* pidiendo despensa.

Mefrou Louise a rabia i dal e un wanta. Einan, mei mei di komedor.

Mener Jacob a hari un tiki i bisa: "Moeder, no hansha bo kurpa tantu, ta un tiki awa, kai bo sinta."

Mefrou Wilhelmina a wak su kasá ku wowo grandi, pero niun hende no a bisa nada.

Sila a keda sirbi na mesa manera nada no a pasa pero Mai Yeye a sigui sirbi *Mefrou* Louise.

E dianan ku a sigui tabata ripitishon di e promé dia. *Mefrou* Louise tabata kla pa saka su richi ku e tabatin den su tas, pa pasa Sila òf Mai Yeye sla. *Mefrou* Wilhelmina a purba splika e bishitanan ku esei no sa tin mester akinan.

Mefrou Louise no kier a tende, "Bo no mester malkriá bo katibunan, Wilhelmina," el a bisa na bos haltu. "Nan tei pa sirbi nos i nan mester hasi esaki bon."

Wilhelmina tampoko no kier a pèrdè pas i el a laga e asuntu numa.

Sila tabata purba laga Mai Yeye mas tantu posibel den kushina pa e no mester haña sla. Nan a disidí di laga Mai Yeye keda ku beibi Christiaan i laga Chichi sirbi na mesa.

For di e promé dia kos a bai malu ora ku Mener Jacob a mira Chichi. El a kinipí Chichi su kara i bisa, "Ooh... Wilhelmina, bo tin un katibu yòn bunita aki pa sirbi mi..." Anto el a hari.

Sila su kurason a sera i anochi e ku Mai Yeye a bolbe papia i a disidí di tene Chichi den kuarto ku Christiaan numa. Mai Sila i Mai Yeye a haña ku ta tempu pa nan papia ku Chichi pa splik'é algun kos di hòmber i muhé.

Yorá, Mai Sila a konta Chichi kon su tata, Mener Jan, a trat'é i ku e úniko kos bon ku a sali for di e tempu ei tabata Chichi. Awor numa Chichi a komprondé. No ta tiki el a yora. Masha dia e ker a sa ken tabata su tata. Awor el a komprondé ta dikon su mama no por a bis'é nada nunka.

Mai Yeye a dun'é masha splikashon kon e mester skonde pa

Mener Jacob. Nan a palabrá ku Chichi lo a keda mas tantu posibel skondí den kamber di Chris. Anto Sila òf Mai Yeye lo bai busk'é anochi i kana kuné bai nan kuarto. Nan niun no a pensa ku Mener Jacob lo a riska drenta den e kamber di Chris ku tabata banda di kamber di su mama.

Su djaluna Mai Yeye a bai den e hùtnan pa yuda un katibu ku tabata será ku benout. El a tarda i Sila a sali bai wak ku e por a yud'é ku algu. El a pasa rekordá Chichi pa no sali e kamber di Chris te ora nan bin bèk. "Ora mi yega for di kunuku mi mes ta bin buska bo Chichi."

Chichi a pone Christiaan drumi i manera palabrá el a keda den e kamber será. El a lubidá di trese su makutu di yerba pa e traha saku chikí òf su makutu di kose. P'esei el a pone su kurpa abou riba su kam'i habri abou i drumi numa.

Chichi a spanta ora el a tende un hende bati na e porta. Su kurason a kuminsá bati duru. Talbes e hende lo bai si e keda ketu. El a tende stèm di Mener Jacob ku a yam'é. Mener Jacob a bati un bia mas i hasta grit'é. El a keda ketu den kamber i a skucha pa wak si su mama a yega kaba pa bin busk'é. Mener Jacob a bolbe yam'é i Chichi a mira e man di porta di e kamber drai habri poko poko. Awor el a haña duele ku e portanan no tabatin yabi. E lo por a sera e porta na yabi. El a buska un lugá pa skonde pero no tabatin nada grandi. El a kore drenta bou di kama. Mener Jacob a drenta e kamber i a bolbe yam'é. El a keda ketu. "Chichi sali for di kaminda bo ta skondé, mi no ta kana buska bo. Mi tin beibi Chris tené anto mi ta bai lag'é kai. Mi ta bisa *Mefrou* ku ta abo a lag'é kai."

Chichi a spanta i sin ku e por a yuda el a saka un zonido: "Oehh".

Mener Jacob a kuminsá hari. El a baha su man anto Chichi a mira e pianan di beibi Chris zoya bai bin. Un bes akí Chris lo yora protestando pa e trato ei. Mener Jacob a sigui zuai e yu. Chichi a sali numa for di bou di kama. Mener Jacob a hari i a hasi manera e tabata bai laga beibi Chris kai tòg. Awor si, Beibi Chris a kuminsá yora.

Chichi a spanta i bula kue e beibi tene. Ku awa na wowo Chichi a yaya beibi Chris pa e drumi bèk.

*K*apítulo 13

Chichi su Tristesa

Mener Jacob a keda wak e ku wowo yen di interes.

"Ban mira, hasi lihé bo bin drecha mi kama pa mi." El a bisa. Pero Chichi sa bon bon ku e kama tabata drechá. Ta e mes a drecha kamber di Mener mainta pa e yuda Mai Yeye kaba lihé.

Mener Jacob no kier a warda mas. El a kue Chichi tene na un man i lastr'é sak'é for di e kamber.

Chichi a saka man i dal tene e kozein di porta di Mener Jacob duru pa e no drenta e kamber. Pero Mener Jacob a push'é. Ora Chichi resistí i dal un gritu el a primi su man riba boka di e mucha, i a lastr'é hink'é den su kamber. Ku hansha el a ranka e karson djabou for di kurpa di e mucha i benta e mucha riba kama. Awor sí, Chichi a haña chèns di grita. El a dal un gritu mas duru ku tabata posibel, sperando ku *Mefrou* Louise ku tabata drumí den e kamber banda di esun di Mener Jacob lo por tendé.

Mener Jacob a rabia i dal Chichi un bòfta duru. "Si bo grita un bia mas mi ta sòru pa bo mama i bo wela sufri mañan." El a primintí.

E porta entre e kamber di Mener Jacob i *Mefrou* Louise a bula habri i *Mefrou* Louise tabata pará einan ku su mannan den zei. Pa promé bia for di dia e bishitanan aki a yega Kòrsou Chichi tabata kontentu di mira *Mefrou* Louise. Ku un man Chichi a purba tapa su sunú i ku e otro el a pusha Mener Jacob mas duru posibel for di dje. El a prepará pa e huí bai. "*Mefrou*, yudá mi," el a sofoká bisa.

Mefrou no a ni hisa kara wak Chichi. El a keda wak su yu i bisa: "Jacob, si bo tin kos di hasi bo por hasié ku boka será! Mi tin ku drumi." Ku e komentario ei, el a bira bai laga su yu. E no a ni pone atenshon na e mucha ku tabata bentá riba kama ta yora i ku opviamente no tabata partisipando den loke tabata sosodé.

E anochi ei Chichi a pèrdè tur su hubentut. Tur su soñonan i tur su speransa.

Ora Mener a kaba kuné, Mener a mand'é sali for di su kamber.

Den gang el a topa su mama i su wela pará ta ward'é. Ni maske kon su mama i su wela a trata na konsol'é, ni maske ki remedi nan a dun'é, òf kon su mama a bras'é kanta p'e manera dia e tabata beibi nan no por a konsol'é.

Den e tres lunanan ku a sigui Mener Jacob a tuma komo su derechi pa yama Chichi tur momento den su kuarto. Tin bia e tabata soportá ketu pero tin bia e tabata bringa bèk, loke a kost'é hopi sla.

Dia ku porfin tres luna a pasa i e bishitanan a bai, nan a bai laga Chichi i su famia den un tristesa grandi pasó Chichi tabata ku barika.

"Kiko awor?" Sila tabata yorando. "Un mas yu di un shon. Un mas yu di un hòmber blanku sinbèrgwensa."

Chichi su doló tabata Sila su doló tambe. Mai Yeye a bira bieu bou di tur e prekupashonnan ei. "Si Bois haña sa e lo no ke Chichi mas." Tur hende tabata na altura di Bois su pensamentunan tokante di hende muhé ku tabata maha ku shon.

Sila a lubidá mes ku aña pasá e no tabata dje kontentu ei ku Bois. *'Kon mi por a pensa ku Bois lo a kita mi yu fo'i mi? No ta mihó mi yu tabata den e hùt di Bois ku akinan den kama di un sinbèrgwensa? Ku ta abusá di dje?'*

Chichi a bira muhé di un dia pa otro. Mai Yeye i Mai Sila a purba kuida Chichi mas tantu posibel . Pero Chichi mes no tabata ke. El a bira ketu i sin grasia. E tabata hasi su trabounan sin kanta i sin hari. Ni Chris no por a logra sak'é tur ora for di su tristesa. Tòg na otro momento Chichi tabata brasa Chris te ora e pober mucha push'é pa lag'é lòs. Kasi e tabata smor e mucha.

Chichi no a karga su barika bon. Na lugá di gòrda el a bira mas flaku. Su wowonan tabata grandi i bashí den su kara. Holó di kuminda tabata pon'é saka.

Mai Yeye a tuma tur trabou di Chichi den kushina. Asta Mai Yeye mester a duna Chris kuminda p'e. Holó di wòrtel machiká òf batata herebé tambe tabata laga Chichi saka. Danki Dios Chichi no tabata sirbi na mesa mas.

Un dia *Mefrou* Wilhelmina a bin den kamber di Chris nèt na e momentu ku Chichi tabata kambia e bruki di Chris. E holó a wal Chichi di tal forma ku el a kore bai pafó bai saka tras di algun palu. Ora el a bin paden e tabata blek i tabata soda profundamente.

Mefrou Wilhelmina a puntr'é: "Chichi ta kiko a pasá bo? Ta malu bo ta?"

"No *Mefrou*, mi ta sinti mi stoma ta wal un tiki pero el a pasa si."

Mefrou a keda wak e straño sin bisa nada. Den e dianan ku a sigui *Mefrou* a manda yama Chichi pa kada kos chikí. "Chichi, trese Chris pa mi ora e lanta for di soño." Pero ora Chichi yega ku Chris, *Mefrou* tabata den kama i ta bis'é ku su kurpa no tabata bon i ku e ta keda den kama. Chichi a bai bèk ku Chris. Despues di un ratu *Mefrou* a bolbe yama Chichi pa trese Chris di nobo pe. "Kon a bai ku bo kurpa despues?" *Mefrou* a puntr'é.

"A bai bon *Mefrou*."

Chichi a sinti ku *Mefrou* no tabata konvensí i el a bira nervioso.

Mefrou a hisa kara wak Chichi. El a mira kon Chichi a keda guli i keda wak abou. Su mannan a keda sera, habri. Su boka tabata trèk i su lepnan tabata tembla.

Mefrou a sospechá algu. "Chichi bo tin un kos di konfesá mi?"

Chichi a bula para règt. El a sinti su kurpa bira kayente i friu. Awa a drenta su wowo i el a baha su kabes mas. E momento a yega ku e tabatin ku bisa *Mefrou* di su bèrgwensa. Chichi su lepnan tabata tembla mas ora e ke papia i e no por saka zonido.

Mefrou a lanta sinta i a tapa su mes ku e lakennan. El a kuminsá grita, "MUCHA! PAPIA!!! KIKO A PASA?" Ku un rabia *Mefrou* a ranka Chichi na su man i Chichi a trompeká i dal un gritu di spantu. Diripiente asin'ei, manera ta un bela a paga, Chichi a sak den otro na pia di *Mefrou*. El a kai flou. *Mefrou* a keda wak e, lèn patras i kuminsá grita mas duru ainda.

Mai Sila ku a tende gritamentu a kore yega i a haña beibi Chris tabata yora na pia di Chichi i *Mefrou* tabata gritando histérikamente. El a sakudí Chichi.

E porta di Shon Moron su ofisina a bula habri i Shon Moron a kore drenta. "Kiko ta pasando akinan?" Su stèm a dònder. Pero niun hende no a kontest'é. Chris tabata yora, *Mefrou* tabata grita i Chichi tabata leu for di dje.

Mai Sila, ni Shon Moron, no tabata sa kiko a pasa.

Shon Moron a kore bai brasa su kasá. Pero esaki a push'é un banda i keda grita miéntras e tabata keda pusha Shon Moron for di dje i tabata zuai ku su mannan. E no tabata ke pa su kasá bras'é.

Mai Sila a yuda su yu Chichi lanta i a purba kalma Chris na mes momento. Ku su wowonan el a puntra Chichi ta kiko a pasa.

Ora Chichi tabata bon riba su pia, Mai Sila a kue man di su *Mefrou* tene.

Mefrou Wilhelmina a tene su man duru. "Mai Sila ta ken ta tata di bo yu su yu?"

"Ai *Mefrou*...." Mai Sila a sintié malu. E sa ku no ta bon pa un katibu akusá un hende blanku di a violá un mucha. Aunke ku e mucha tabata katibu. E sa ku e por haña sla i kastigu feros pa un kos asin'ei. El a keda wak *Mefrou* i a purba pensa lihé kon pa bisa e kos sin akusá Mener Jacob.

"Bisa mi, Sila! Aworakí mi ke sa." *Mefrou* a insistí.

Chichi ku a hisa Chris, tabata pará ku su lomba kantu di muraya i no a riska hisa kara wak kiko ta pasando.

Shon Moron a keda wak su kasá straño. "Wilhelmina, dikon ta tantu importante pa bo sa ta ken ta tata di Chichi su yu? Bo sa tòg ku basta dia e ta tene man ku Bois. Ta e mester sa ta ken ta tata di su yu." Shon Moron a hisa kara wak Chichi i a bis'é. "Mi no tabata sa ku bo ta sperando un yu Chichi, bo no a bisa mi."

Chichi a wak abou i *Mefrou* a kuminsá yora atrobe. "Sila!" El a insistí, "Mi mester laga sutá bo antó?".

Mai Sila a spanta. Nunka ainda su *Mefrou* no a laga sut'é. E tabata sirbi trankil i mas mihó posibel i nunka e no a yega di okashoná motibu pa haña sla.

"*Mefrou*, mi sa ta ken pero mi no por bisa. No ta mi lugá pa bisa." Mai Sila a wak Shon Moron i bisa, "no ta Bois, mi Shon, e no ta hasi un kos asin'ei. E ta un bon mucha hòmber. E no sa mes ku Chichi ta ku barika. Nos no a bisa niun hende."

Shon Moron a ripará bon bon ku e embaraso tabata un mal notisia pa e muhénan. Nan no tabata kontentu ku e barika. E no a komprondé dikon. Pero e no por pensa mashá riba su katibu muhénan pasó su mes señora a keda yora sin konsuelo.

Mai Yeye a bati na porta di kamber i a drenta ku un te di yerb'i hole pa *Mefrou*. "Tuma *Mefrou*, pa *Mefrou*. Nada no a pasa, keda trankil." El a sigui bisa. "E yu ta di un hende straño, no ta di niun hende ku ta den e kas aki aworakí."

Shon Moron a hisa kara i wak e skèrpi. "Naturalmente e yu no por ta di un hende den e kas aki!" El a bisa. "Fitó ta hende grandi anto no tin mas hòmber ta biba akinan...." Pero pareu ku el a papia el a komprondé: "Wilhelmina bo a kere ku...ku ta... mi yu e yu ei ta?"

Mefrou Wilhelmina a kuminsá yora atrobe i no a bisa nada mas.

Shon Moron a lanta para i tabata kunsumí, "Chichi mi kier sa aworakí ta ken ta tata di e yu ei, pasó bo sa bon bon ku ami no ta su tata. Mi ke bo bisa bo *Mefrou* e kos ei bon kla!" Su stèm a zona manera dònderbos i tur kuater muhé a krem den otro. Chichi tabata tembla asina tantu ku e lo no por a kontestá ni maske nan lo a sut'é.

Mai Yeye a bolbe splika, "Mi Shon e yu no ta di mi Shon. Mi Shon semper a komportá bon ku nos. Nos ta mashá agradesidu. Nos ke pidi pa Chichi keda traha den kas te dia su dia yega. Anto si Mi Shon por duna nos pèrmit di lanta e yu huntu ku nos ya nos lo kri'é pa e bira un bon kriá pa Mi Shon su yunan. Nos lo lant'é i siñ'é tur kos ku nos sa."

"Tur hende sali pafó di mi kamber", Shon Moron a grita. "Bai, bai, bai. Chichi bo tambe. Mi ta wak despues kiko mi ta hasi ku e yu ku bo ta karga ei, pero awor, bai for di aki."

Purá tur tres muhé a bai sin para tende kiko e pareha tabata bai diskutí.

Pa hopi ora bo por a tende stèm duru tabata sali for di e kamber i yoramentu di *Mefrou*. Ta mas ku klaro ku *Mefrou* no a kere Shon Moron.

Ora di kuminda Mai Yeye a kushiná un bon galiña di smor. E sa ku *Mefrou*Wilhelmina gusta esei mashá. Pero e pober *Mefrou* no a bin mesa. E no a mishi ku e teblachi ku Mai Yeye a hiba p'e. El a manda yama Fitó pa bai buska Le Docteur p'e na Punda. El a keda den kama.

Kas tabata ketu i sin grasia e dianan ei. Chichi a keda malu i Mai Yeye a traha tur sorto di yerba p'e, sin por yud'é. Ta mas ku kla ku Chichi su kurason tabata kibrá. E no tabatin ánimo mas.

Mefrou Wilhelmina tambe a keda malu i Le Docteur a konfirmá ku e mester warda kama.

Shon Moron no a bin mesa mas bin kome. E tabata sinta riba pòrch te lat huma su sigá i no a bai papia ku *Mefrou*. Tin bia e tabata kome loke Mai Yeye trese pe riba e teblachi, pero tin bia e tabata bebe pòrt òf yenefa te lat.

Ora Le Docteur bolbe bèk despues di dos siman el a konfirmá ku *Mefrou* Wilhelmina tabata na estado.

Mai Yeye a pensa e kos ei masha dia. El a kuminsá prepará i duna *Mefrou* su yerbanan kaba.

Mefrou Wilhelmina a pasa hopi malu ku su barika.

Pober Mai Yeye a keda purba tur sorto di kos pa yuda su dos pashèntnan den kas. Parse ku nada no por a kura nan kurason kibrá.

Tabata tempu pa e bèrdat.

Un dia despues di trese *Mefrou* Wilhelmina su di tantísimo kòpi te di yerba, Mai Yeye a keda para na porta kara abou wardando pèrmit pa papia. *Mefrou* ku tabata drumí, wowo será, no sa mes ku e tabata einan. Ku pasenshi Mai Yeye a keda para. Kasi 10 minüt despues, *Mefrou* a bòltu i mir'é pará. "Yeye! Kiko bo ta hasi akinan? Kiko a pasa?"

Mai Yeye a kana yega serka i e a kue man di *Mefrou* tene. "*Mefrou* no ta mi lugá pa bisa nada kontra di un hende ku ta mas ku mi, pero e yu ku Chichi ta karga el a hañ'é aki den kas."

Mefrou a dal un gritu di smor. Su wowonan a yena ku awa. "Mi tabata sa! E sinbèrgwensa!" El a gruña.

Mai Yeye a sakudí su kabes, "No *Mefrou*, e yu ei no ta yu di hudiu, e yu tin chèns di nase ku wowo blou i kabei blanku." Despues di e palabranan ei Mai Yeye a bai laga *Mefrou* pasó e sa kaba ku el a bisa di mas. El a akusá un hòmber di alto rango di un krímen sin un testigu blanku pa sostené su akusashon. Esei so kaba tabata un akto pa pon'é den un situashon di kastigu severo. Pero Mai Yeye no tabatin kunes mas. E sa ku e tabatin ku haña *Mefrou* kontentu atrobe pa e por karga e yu ei. Sino e yu tabatin chèns di muri. Mai Yeye a kòrda bon bon kon Christiaan a nase ku mashá problema i keda chikí. E no ke nada mas sosodé. Si pa kualke motibu *Mefrou* pèrdè e yu aki, e kulpa lo keda pa semper riba Chichi, ku a hasi *Mefrou* tristu ku su barika. Mai Yeye a preferá riska kualke kastigu ku laga e kos ei pasa.

El a kana bai balkon lihé kaminda e sa ku Shon tabata sintá ta wak leu. El a basha un pòrt pa Shon pa e tabatin motibu di bai einan.

Ora el a kaba di sirbi Shon i a pidi pèrmit pa wòrdu skuchá, el a bisa ku tono abou. "Mi Shon, mi sa ku un katibu no por bisa nada kontra di hendenan di mas klase kuné, pero mi Shon sa ku nos a kuida mi Shon su famia semper bon. Mi yu a kuida *Mefrou* Jana, *Mefrou* Jo i awor *Mefrou* Wilhelmina. Mi Shon mes ta mira ku ta ku amor mi nietu ta kuida mi Shon su promé yu hòmber. Pa e motibu ei, mi ke riska bisa mi Shon ku e yu di mi nieta por nase kabei blanku i wowo blou."

Shon Moron ku a sinta wak leu tur e ora ku Mai Yeye tabata papia a hisa kara wak e. El a bula lanta, "Kiko bo di? Wowo blou? Na unda Chichi a topa un hende wowo blou pa e traha yu kuné?" Na e momentu ku el a puntra el a komprondé. E mes a bisa "Ahan, e sinbèrgwensa a probechá di Chichi ora e tabata bou di mi dak, ta kome for di mi mesa. Mara mi por hañ'é pa mi dal e un palu!" Mai Yeye su wowo a span habri. Un Shon ku ke defendé honor di un katibu muhé? Pero e no a haña chèns di bisa nada pasó Shon Moron a bula lanta, push'é un banda i kore bai paden. Indudablemente pa bai drecha ku su kasá.

Kapítulo 14

Un Beibi a Nase

Chichi su dia a yega lihé. Despues di a pasa malu e promé lu-nanan el a rekuperá i por a sigui traha i hasi tur kos sin problema. Ora su ora a yega, Mai Sila a keda ku *Mefrou* i Mai Yeye a bai yuda Chichi.

E parto no tabata fásil pero ku yudansa i orashon di Mai Yeye e yu a nase. E tabata un yu chikitu blanku blanku. Mes ora Mai Yeye a bòltu un blat di orea pa wak kua koló tabatin su tras. Aliviá el a mira ku e tabata un maron manera koló di mespel kla. E yu su koló lo no keda blanku. Mai Yeye sa bon bon kon difísil un bida di un katibu muchu blanku ta.

Mai Yeye a hisa e kriatura blanku flaku chikí ei ku a laga nan tende su bos bon bon, na laira. Nan a dedik'é mesora na Señor. "Dios, nos ta entregá bo e yu aki," Mai Yeye a resa, "no tuma pik*á* di su tata na kuenta, pordoná e yu aki, e no por yuda, bendishon'é anto lag'é t'esun ku lo disfrutá di e libertat ku nos tur ta soña kuné. Amèn."

Chichi a rèk man i tuma e yu. El a pone e yu na pechu i mes ora e yu a kuminsá bebe. Mai Yeye a hari. "Chikí, pero potente, mes kos ku su mama."

Chichi tambe a lubidá tur doló i fèrdrit i a wak su yu ku hopi kariño.

"Chichi, mi ke bisa bo un kos importante." Mai Yeye a hinka rudia banda di Chichi i tene su man. "Hopi kos a pasa anto Mai ta komprondé ku bo tabata hopi kibrá. Pero awor bo tin un yu. Bo tin ku biba p'e. Bo tin ku stima bo yu, siñ'é tur loke e mester sa pa e ta un bon katibu. Tambe e mester di un fishi pa dia e ta muhé liber e por traha riba su mes. Meskos ku Mai Yeye a siña bosnan medisina asina nos tin ku traha huntu pa e yu aki por sa medisina. Huntu ku su fishi nos tin ku siñ'é obedensia tambe pa e por ta un bon katibu pa e por keda traha den kas. Bo no ke pa bo yunan kaba den kurá òf mas pió ainda den salu, tòg? Awèl ta abo mester ta fuerte awor Chichi. Mai Yeye por yuda bo, pero mi no sa kuantu dia mas mi tin pa kana riba e mundu aki. Bo mester ta prepará. Mi sa ku bo kier a kompartí hùt ku Bois i ku esei a para kaba na nada pero no wak Bois mas. Wak bo yu awor. Wak su futuro. Un dia e sí lo bai ta liber. E lo no ta katibu pa semper." Awa ta basha for di tur dos muhé nan wowo. Nan a tene otro duru. Chichi i Mai Yeye a keda papia bastante i ora Mai Sila haña un chèns pa e kore sali for di kas grandi pa bin wak nan, el a haña tur kos kla kaba.

Kontentu Mai Sila a mira ku su yu tabata mas animá awor ku e beibi a nase. "Kon nos ta bai yama e yu?" El a puntra.

Mai Yeye i Chichi a dal un gritu hari. Den tur nan kòmbersashonnan nan a lubidá di pensa un nòmber pa e yu.

"Mimina", Chichi a bisa mésora. "E yu yama Mimina." Mai Sila ke sa di kon Chichi a skohe pa Mimina. Nan tur a spera ku e yu lo tabata mucha muhé pasó mucha muhé tabata mas fásil pa bira katibu di kas . Yu hòmber tin ku bai kunuku òf mas pió nan tabata bend'é mas lihé. Un yu muhé nan por siña bira muhé di medisina i asina sigurá un bida mas trankil pa e yu.

Sila a pensa pa duna e mucha un nòmber nèchi for di beibel. El a pensa Maria òf Deborah. Pero Chichi a bisa: "Mimina mi ke, Mimina ta un katibu ku tabata biba na Kunuku Rincon, Boneiru. El a huí bai i nunka su shon no a hañ'é. El a bai Benesuela. Mi ta spera ku un dia Mimina lo no ta katibu mas. Ku e tambe por bai Benesuela. Mi no ke pa mi yu pasa den e kosnan ku mi a pasa."

Mai Yeye ku tambe a spera di duna e yu un nòmber di beibel a komprondé i a aseptá Mimina. Mai Sila i Mai Yeye a keda ketu pará serka dje. Ketu ketu tur tres tabata resa. Nan a komprondé e rebeldia den Chichi bon bon. Nan mes tambe tabata bib'é. Maske kuantu nan stima nan shonnan nan lo ke ta liber. Nan lo ke ta nan mes doño.

Dia Chichi por a traha atrobe nan a bai ku e yu den kas pa mustra *Mefrou* e. *Mefrou* Wilhelmina a tuma e yu i a habri e paña ku e yu tabata lorá aden pa e wak e yu bon. E no a bisa nada pero el a keda wak basta ratu. Despues el a bisa Chichi ku a keda pará tur e ora ketu banda di dj'e: "Kuid'é bon Chichi, ta un yu blanku e ta sigur sigur. Danki Dios su wowonan no a sali blou. Pero tur sobrá kos ta indiká ku e ta un yu blanku."

Shon Moron a kana drenta i e tambe a studia e yu. "Chichi bo a sirbi mi famia bon anto mi ta pèrmití bo keda ku bo yu. Kuid'é bon pasó e tin ku bira e katibu di e yu ku nos ta bai haña aki. Mi sa ku no ta fásil pa kuida un katibu blanku. Mi ta spera ku su koló lo sera un tiki mas. Tanten ku e ta den nos kas nos lo dun'é tur protekshon ku ta posibel. Lo no sosodé kuné loke a sosodé ku bo."

Ku kabes abou Chichi a tende e kosnan ku Shon a bisa i el a murmurá un danki. Den su kurason e tabata kontentu! E yu por keda den kas i krese pa bira katibu di kas pa *Mefrou* i su yunan. Nan no ta bai bende su yu. Nan no ta kit'é for di dje. Normalmente un mama katibu por keda ku su yu e promé aña di bida pero asina e yu por kome i kana shon ta kit'é for di e mama, bend'é of duna un muhé bieu ku no por traha den kunuku mas e yu pa e kuid'é tanten e mama mes ta bai traha bek den kunuku. No ta tur bia e yu ta keda biba riba e mes un Kunuku tampoko i kasi niun yu no konosé nan mama bon. Tin bia ta den anochi mamanan ta kana bai wak nan yunan. Pero si Shon gara nan ta sla ta kai.

For di e dia ei Chichi a kuida Mimina i Chris huntu. E tabata hasi su máksimo esfuerso pa hasi su trabou bon. Mai Sila a yud'é mas tantu posibel.

Chichi por a hari atrobe.

Mai Sila i Mai Yeye a hala mas i mas den orashon e temporada aki. Nan tabata kontentu ku nan por keda a ku Mimina pero alabes nan tabata tristu. Un generashon mas di un yu katibu. Ki dia anto? Ki dia nan por ta liber. Hende ku ta di mes un balor ku otro? Ki dia nan tambe por siña lesa i skibi? Gana sèn pa nan kome? Planta nan mes tereno? Hopi orashon tabata subi na shelu pa Mimina por ta esun ku ta bai gosa di e libertat.

Algun siman despues *Mefrou* a manda yama Le Docteur for di Punda ora el a sinti ku su ora di duna lus tabata yegando. Mai Yeye tambe a kuminsá pone su kosnan kla pa e por yuda den kaso di emergensia.*Mefrou* tabata suak i ku hopi doló. Mai Yeye no tabata kere ku e parto lo bai fásil. El a kana resa so.

Mai Sila a para waya *Mefrou* ku tabata keha di mashá doló di kabes. "Mi'n por ku e kalor." El a bisa.

Mener Moron tabata kana bai bin. E no por sinta ketu. El a kue un glas di djus, kana kuné i but'é bèk riba mesa, sin bebe. El

a pasa man den su kabei i tur su kabeinan tabata bruá i pará riba su
kabes. Na unda Le Docteur a keda? No tabatin niun frumú den
bisindario ku por atendé su kasá. Ta e katibunan di medisina so tin?
Pero e no por laga poko katibu yuda su presioso kasá haña yu, tòg?
E tabata den duda. E sa ku Mai Yeye tabatin hopi fama. E sa ku Mai
Sila por traha kasi tur remedi ku Mai Yeye por. Pero tòg e tabata duda.
Katibu ta keda katibu. "Ki ora Le Docteur ta yega antó?" Un bia
mas mener Moron a bai bentana i a para wak pafó.

Niun hende no a respondé Mener, paso nan tampoko no
tabata sa.

Su kasá tabata bòltu di doló riba kama. Shon Moron a bira
wak e ku wowo grandi. El a tende su kasá ta keña. E mes a mira ku e
parto no tabata bayendo bon.

*Mefrou*Wilhelmina su kara tabata kòrá kòrá i su kurpa tabata
friu. Mener a tene su kasá su man. El a baha su kabes. "Mai Sila, yama
Mai Yeye bin wak *Mefrou*", el a ordená.

Mai Yeye tabata kla prepará kaba ku tur kos i el a kana drenta
e kamber lihé lihé. El a wak *Mefrou*, wak Sila, i e bira wak Shon Moron
preokupá. El a kana bai pafó di kamber i a hasi seña ku su Shon pa
siguié. Pafó di e kamber nan a papia na bos abou. "Mi Shon, mi ta
kere *Mefrou* tin keintura den kabes. Mi a yega di mira mas hende
muhé haña e kos aki i e ora ei nan ta muri, si no yuda nan. Mi ke pidi
Shon su pèrmit pa nos purba baha e kayente di kurpa aki promé ku e
bai mas leu." Mai Yeye a papia direkto i Shon Moron a spanta. Shon
Moron sa bon bon, ku e no por warda mas. El a sakudí su kabes ku
"si".

No tabata kustumbrá ku su katibunan tabata dirigí palabra
direkto kuné. Pero el a komprondé e importansia. "Shon por pèrmití
mi laga Fitó buska un katibu pa wak e muchanan ya mi ta haña Chichi
pa yuda mi akinan, pasó nos mester hasi hopi kos pa *Mefrou*."

Asina a sosodé ku Mai Yeye, Mai Sila i Chichi tabata den kam-
ber di *Mefrou*. Shon Moron tambe a keda den kamber. Aunke e sa ku
no tabata kustumber pa hende hòmber keda na parto, e no tabata tin
niun intenshon pa bai pafó i laga su kasá den man di algun katibu sin
sa kiko tabata pasando.

Mai Yeye a enkargá Chichi pa sigui waya *Mefrou* anto el a man-
da buska eis pa e traha awa friu. Tanten e tabata warda, el a limpia

blachi di Karpata pa kita bagas. E ta bata tin su zeta di koko kla pa e meskl'é i el a mar'é na kabes di *Mefrou*.

El a basha un tiki zet'i koko meimei di *Mefrou* su kabes pa asin'ei e purba baha e keintura. Mai Sila a bai raspa poko batata i despues nan a mara *Mefrou* su pia kuné.

Nèt e ora ei e eis a yega i nan a basha un tiki awa riba e eis, hinka sèrbètè den e awa i lag'é para muha. Huntu e muhénan a traha. Ketu pero lihé. Nan a kita *Mefrou* su pañanan i lag'é na un shimis djabou so. E ora ei nan a kue e sèrbètè muhá, friu i lora *Mefrou* aden. Asina nan a purba baha *Mefrou* su temperatura.

Ratu ratu e doló di parto tabata lanta duru ku *Mefrou*, pero ainda no tabata tempu pa e beibi por nase. Mai Yeye sa ku lo dura hopi ora mas i e tabata hasi su máksimo esfuerso pa e yuda su *Mefrou*. Asina e sèrbètè seka un tiki nan a kambi'é pa un muhá i friu.

Despues di basta ratu *Mefrou* a habri wowo. El a wak rònt. Su koló tabata mas mihó i tabata parse ku su kurpa no tabata dje kayente ei mas.

"Norbert, ta bo tei?" *Mefrou* su stèm tabata suak i Shon no a tende bon kiko el a bisa. Mai Yeye mester a pone su orea serka pa por tende su *Mefrou*.

"*Mefrou* a puntra pa Shon". Mai Yeye a bis'é anto el a hala patras i laga nan papia.

Shon Moron a tene *Mefrou* su man.

"Mi ta sinti mi mas mihó", *Mefrou* a bisa. "E awa friu a yuda mi. Mi tabatin hopi doló di kabes."

Shon Moron no a bisa nada. El a brasa *Mefrou* so, su wowo tabata yen di awa. Su kasá a bolbe pega soño i Shon a keda sintá serka dje. Ratu ratu su kasá tabata lanta ku doló pero e keintura haltu no a bin bèk. Den su kurason Shon Moron sa, ku e katibunan a hasi un bon trabou. Asina kasi dos ora mas a pasa.

Mai Yeye a ripará ku e dolónan tabata biniendo mas rápido riba otro i e sa ku e momento di parto tabata aserkando. Tur kos ku el a pensa ku e mester, tabata kla pon'é.

Ora Shon Moron a lubidá kaba ku e tabata wardando Le Docteur, e bon hòmber a kana yega purá purá. El a trese su frumú huntu kuné i nan a kuminsá pidi kosnan ku nan mester pa traha. Pa nan sorpresa tur kos tabata kla poné. Nan a pidi e tata i katibunan pa sali for di e kamber di parto pa duna nan privasidat pa traha pero promé ku esaki por a sosodé *Mefrou* a dal un gritu i e beibi a bula sali.

Mai Yeye no a pèrdè pa gana. El a fangu e yu i bòlt'é boka bou mes ora. Ku su man el a kuminsá limpia e yu su boka i garganta i supla den e yu su kara. E yu tabata chikitu, flaku i kasi sin koló.

Promé ku Le Docteur òf e frumú por a reakshoná e beibi a kuminsá yora i Mai Yeye, Mai Sila i Chichi a dal un gritu di alegria.

*Mefrou*Wilhelmina tambe a rèk pa e wak e beibi ounke ku el a keda suak. Mai Yeye a pasa e yu chikí pa Mai Sila pa e laba su kurpa i hunt'é ku un tiki salfi salu ku Mai Yeye sa usa pa e muhénan katibu. "E salfi salu aki ta kita malesa", Mai Yeye a bisa.

Le Docteur a keda wak so. Mai Yeye a kuminsá primi e barika di *Mefrou* fuerte pa purba stòp e bashamentu.

Chichi a stòp di waya i a kap eis pa e traha un kòmprès di eis pa nan pone riba e barika. Mai Yeye tabatin un te fuerte di trèk basta ratu ku por yuda stòp e sangramentu. E te tabata prepará pasó Mai Yeye a pensa ku e yu aki tambe lo ta bai duna problema. E manera ku *Mefrou* a karga e barika aki no tabata normal. Hopi malu i ku hopi doló.

E frumú a kuminsá sintié pará pòrnada i a kore tuma e beibi serka Mai Sila. Mai Sila a tene e yu duru i no kier lag'é bai. Ku wowo Mai Yeye a dun'é un señal pa e laga e yu bai.

E frumú a pone e yu na pechu di *Mefrou* i e yu a kuminsá bebe. Un tiki suak i sin forsa pero e tabata bebiendo.

E frumú tabata reportando na Le Docteur loke el a opservá na e beibi. Le Docteur a skucha tanten e tabata saminá *Mefrou* i despues di un ratu nan a mira ku e bludermentu a stòp. Mai Yeye a keda aliviá. El a kuminsá warda tur kos ku nan a usa i ketu ketu e katibunan a hala patras i bai den kushina.

*K*apítulo 15

Miriam

Chichi a kuminsá laba paña sushi i Mai Yeye a laba tur kos ku
nan a usa. Mai Sila a pone pòrt kla riba mesa di balkon i pa e zùster un
pòchi te . Ora tur kos tabata kla Chichi a bai bati na porta di kamber.
Ora Shon Moron mira Chichi el a puntr'é, "kiko a pasa Chichi?"

Ku kabes abou i ku wowo bahá Chichi a respondé, "Mi mama
a pone refresko kla riba balkon den fresku. Anto el a trahando algu di
kome tambe, si mi Shon ke, mi ta keda aki ku *Mefrou* pa way'é tanten
e ta drumi anto mi Shon ku e bishitanan por bebe algu. Asina *Mefrou*
lanta mi ta yama Shon."

Un bia mas Shon Moron a ripará kon kompetente su kriánan
tabata manehá su kas. E mes a lubidá ku e mester ofresé su bishitan-
an algu di bebe. Su hansha pa e parto tabata muchu grandi. "Ta bon
Chichi, pero mi no ke niun refresko, mi ke un bon kos stèrki awor aki
pa mi bin bei un tiki."

Chichi a smail pasó e sa kaba ku Shon su pòrt tabata kla poné.
Mai Yeye konosé su shon bon.

"Kiko bo tin den bo man ei Chichi?" Nèt ora Shon Moron a
sali kamber pa e bai riba balkon, el a mira ku Chichi tabata karga algu.

"Ta un kos ku nos a traha pa *Mefrou*, mi Shon." El a mustra
Shon Moron un saku chikí ku algun strèp n'e. E saku ta nèt pa hinka e
beibi aden i ku e strèpnan por peg'é na garganta di *Mefrou*. "Mai Yeye
a pens'é, mi

Shon, anto el a kos'é ku katuna suave, bon labá. Asin'aki
Mefrou por karga e beibi fásil, si e beibi ta suak ainda, manera dia di
Chris." Shon Moron no a bisa nada pero el a keda sumamente
asombrá ku e dedikashon ku su kriánan di kas tabata duna su señora
kada bes di nobo.

Riba balkon sintá Le Docteur tambe a komentá e kapasidatnan di e katibunan. "Moron bo tin algun bon katibu muhé ta traha pa bo. Bo a trein nan hopi bon."

Shon Moron a keda ketu i huma su sigá. E sa bon bon ku e treinmentu di e katibunan sigur no tabata su trabou. E tabata mas den kunuku òf na Punda ku su otro negoshinan ku tabata duna mas ganashi. E no tabata ni konosé e katibunan promé ku su yu hòmber a nase, kuater aña pasá. Ta e momentu ei el a kuminsá paga tinu na nan.

E sa ku tabatin un kos straño ku e muhénan aki tambe. Ora el a yega di puntra su kasá esaki a bisé, ku ta Shon Pe a kumpra nan. Pero niun kaminda Shon Moron no por a haña nan resibu i papelnan di propiedat. E tabatin ku kòrda skibi su suegro na Hulanda, Shon Pe, puntr'é na unda e papelnan ei ta. Nò ku e tabatin idea di bende e muhénan. Nan tabata muchu balioso pe.

Nèt e momentu ei Le Docteur a kuminsá papia tokante e mes un kos ei. "Moron e muhénan aki ta kapas. Lo mi por usa un katibu kapas asin'ei, mi ta bolbe pidi bo pa mi kumpra un, kuantu lo bo bende mi un di nan? Mi no ke esun bieu, aunke ku e ta parse mi e lider. Su edat ta muchu haltu pa mi nesesidatnan. Duna mi e mama òf e yu muhé."

Nèt na e momentu ei, Mai Sila a kana yega serka riba balkon, i el a tende e remarka ei. El a spanta i di spantu el a keda para i lubidando su mes el a kuminsá gruña. Un zonido di tristesa profundo a sali for di su boka. Nunka mas e kos aki no ta bai pasa? Nunka mas e lo no skapa di e miedu ku nan lo bendé? Un rabia a drent'é. I alabes e sa ku e no por hasi nada. Pia pa pia el a kana subi e balkon i a tende Shon Moron bisa: "Nos ta papia despues Docteur."

Pa promé bia den su bida Sila a pensa di bai para tras di porta pa e skucha e kombersashon. Pero si Mai Yeye haña sa e lo rabia sigur. 'Kiko Dios ke di bo Sila?' E lo puntra ku tono strèn. 'Ta asina un yu di Dios ta aktua? Sirbi bo Shon i konfia Dios. E sa tur kos. E tin tur kos bou di kòntròl. No prekupá, E ta kapas pa saka nos for di e situashon aki.' Sila no a para skucha.

Ora e kompartí e notisia den kushina esaki a hasi impakto. Mai Yeye su wowonan a yena ku awa. Nan a para kabes abou. Nan no

sa kiko pa hasi ni bisa. Mai Yeye a resa ketu ketu den su mes. Un bia
mas nan bida tabata den man di nan Shon. Kiko e lo hasi? E lo bende
un di nan? Mai Yeye a brasa su yu un tiki i bai bèk pa sigui kushiná.
Mai Sila su kabes tabata bati pero e tabatin ku sigui sirbi na mesa.

Riba balkon Shon Moron a ninga Le Docteur mas desente
posibel. "Bo sa, Docteur, e hendenan aki ta un famia. Anto nan ta
masha bon hende. Semper nan ta kla pa yuda. Nan ta kla pa sirbi.
Yeye ta e Wela, Sila ta su úniko yu ku ta na bida i Chichi ta e ñetu.
Chichi tin un beibi chikí tambe anto nan ta yuda otro i nos den tur
kos. Nan ta mashá uní, mi no por bende un, sin e otro, anto mi no
por bende niun pasó mi Señora ta debil, ta di nan e ta dependé. Nan
ta yud'é ku tur kos."
     Le Docteur a komprondé pa Moron pero den su kurason e
no tabata mira pakiko mester mima un katibu tantu asin'ei. "Dia bo
ke bende un bo ta laga mi sa, kualke un di nan ta saka bon plaka pa
bo. Bo por pidi por lo ménos kuater bia mas ku bo a paga. Pasó nan
ta bon muhé di medisina. Tur hende mester di nan. Anto bo tin tres!"
     Shon Moron a hari chikí chikí pa su suerte. Un bia mas el
a disidí di skibi Shon Pe pa wak na unda nan papelnan ta. Djis pa e
tabatin sigur di nan. Tur hende na Punda a bis'é ku no ta bon pa laga
wela, mama i yu keda huntu komo famia katibu ta sirbi den kas. Nan
di ku ta problema so e kos ei ta trese. E katibunan ta haña forsa i nan
ta bira fresku. Pero Shon Moron sa bon bon ku esaki no ta e kaso na
su kas.
     Le Docteur ke yama Mai Yeye pa e puntra kiko tabatin den e
te ku Mai Yeye a duna *Mefrou*. Pero Shon Moron, - ku un tiki miedu
di Le Docteur su atenshon pa su katibunan,- a splika Le Docteur ku
su kriánan tabatin hopi kos di hasi awor aki. Ta nan mes ta kuida nan
Mefrou i prepará kuminda. Nan tabatin ku wak nan mes yu i ñetu
tambe i atendé Chris. Moron ke evitá ku Le Docteur ta pone muchu
atenshon na su katibunan.

Den kamber Chichi a sinta waya *Mefrou*. Esaki a drumi dushi
te ora e yu a kuminsá yora. Chichi a yud'é pone e yu na pechu i a sigui
waya nan dos. *Mefrou* tabata ketu i suak pero su wowonan tabata yen
di alegria ora el a mira su beibi. "Un yu muhé, manera mi tabata ke."

El a bisa ku satisfakshon. "Chichi bo por bai buska Chris, pa e mira su ruman?"

Chichi a kana bai e hùt di Wili anto el a topa Chris ta hunga einan ku e yu muhé mas grandi di Wili den e hùt ku tabata blo bashí manera tur hùt tabata. No tin stul ni mesa ni kama. Un par di pida palu tabata pone den un huki kaminda e hende grandinan sa kai sinta. Tabata tin algun klechi sushi den un huki. Den nan e katibunan tabata lora aden anochi i drumi abou. Hopi di nan no tabatin ni un matras traha di yerba seku. Den e hùt den fresku drumí el a haña Mimina. Asina Chichi mira su yu, su pechunan a yena ku lechi. Kontentu Chichi a pone su yu na pechu. Ora Mimina kaba di bebe el a mar'é riba su lomba i tene Chris su man pa e bai hib'é lihé pa *Mefrou*.

Chris a kont'é tur kos ku a pasa awe serka Wili. E mucha tabata flaku ku un kara largu i kabei blanku pipa pipa. Nada di grasia. El a hisa kara wak Chichi ku ánimo. E no a stòp di papia. Chichi tambe a wak e ku kariño. Chichi no a mira ku e yu tabata flaku i ku e no tabata bunita. Chichi a stim'é manera ta su mes yu e tabata. Ora nan yega serka *Mefrou* Wilhelmina, nan a mira ku esaki a pega soño atrobe. E yu tabata drumi banda di dje. Chris a dal un gritu i *Mefrou* a lanta for di soño. "Mama ta mi ruman esaki ta?" El a puntra ku smak. El a subi kama pa e wak e beibi mas mihó.

"Chris ban laba man promé ku bo tene e yu," Chichi a bisé anto asin'ei a sosodé. Chris a stima e yu mes ora i e tabata kla pará pa e yuda ku e yu. "Kon yam'é mama?" el a puntra ku smak.

"Miriam Josefina Moron." *Mefrou* a bisa.

***

Chichi a bira manera un mama pa Miriam tambe. E tabata kana tur kaminda ku tur tres mucha. Den su brasa un yu maron i un yu blanku. Na su saya su yu Chris. Tur kos nan tabata hasi huntu.

Ora *Mefrou* su lechi a kaba despues di apénas dos luna Chichi a sigui duna Miriam tambe lechi. Mimina i Miriam a bebe lechi serka Chichi te ku kasi dos aña di edat. E muchanan a krese manera ruman. Nan kuater tabata huntu semper. Chichi, Mimina, Chris i Miriam.

Mefrou tabata un hende kontentu apesar di su malesa ku a

suak e. Hopi ora e tabata pasa den su kuarto. Kasi e no tabata sali mas. For di su bentana e tabata wak muchanan hunga pafó. E tabata grita e muchanan i kumindá nan.

Kapítulo 16

E Muchanan a Krese.

Na Kunuku kosnan a drenta un temporada ketu. Despues ku Fitó a muri Mener a buska un Fitó nobo. Katibunan tabata den nervio ken ta bai bira nan Fitó. Hopi sla nan a kome na man di difuntu Fitó. E hòmber ei tabatin man pa hasi malu. E por suta lomba sunú di un katibu mará na un palu di bati katibu pa mei ora sin kansa. Ta solamente ora e mira hopi sanger basha for di un katibu su lomba e tabata stòp. Nèt pa e katibu no muri. Pero e katibunan tabata sa ku nan bida por bira ainda mas pió si nan haña un Fitó mas malu ku esun ku a muri. E grupo di orashon a keda sklama na Dios pa un Fitó ku miserikòrdia.

E Fitó nobo a bin biba den e kuarto bou di kas grandi i e tabata un Fitó hopi mas trankil ku e otronan ku tabatin promé. Pasombra Shon tabata hopi na Punda e Fitó a tuma hopi trabou di Shon over anto kosnan tabata kana bon. Hopi bia anochi e katibunan tabata sinta toka tambú será den kunuku anto Fitó tabata bai serka nan. E no tabata maltratá e katibunan i e no tabata eksigí di mas. Asina ta ku hopi katibu tabata respet'é. A resultá ku Fitó tambe tabata bai hasi orashon djadumingu mardugá. Mai Yeye i Mai Sila tabata bai tur siman i a resultá ku Fitó a bai pidi Shon Moron pa e tene man ku Sila.

Shon Moron no a gusta mashá, pa miedu ku su trabounan di kas lo keda para, pero despues di papia ku su kasá el a pèrmití tòg. E asuntu aki a brua Mai Yeye i Mai Sila. Tur dos a pensa ku nan lo keda huntu pa semper. Pero manera kos tabata pinta nan lo mester ahustá.

Mai Sila no tabata ke un hòmber den su bida. El a pensa di keda su so ya ku despues di su enkuentro ku Mener Jan el a keda frustrá. Pero Fitó a pèrsistí.

Mai Yeye a papia serio ku Mai Sila pasó no ta pas pa un hende ku ta sirbi Dios bai biba ku un hòmber den su kuarto sin kasa. I pa lei no tabata posibel pa katibu kasa.

Despues di hopi planiamentu nan a disidí di pidi Bubu Ibi pa kasa nan un djadumingu mainta despues di hasi orashon.

Asin'ei Sila a sali for di kuarto di Mai Yeye i Chichi. El a sali un muhé kasá i el a bai drumi serka Fitó den e kuarto di Fitó. Aunke ku e kuarto tabata djis algun stap mas leu ku su mes kuarto, tòg Mai Yeye tabata sinti falta di su yu. Su kurpa tabata bayendo atras i el a bin ta dependé mashá riba Mai Sila. Mai Yeye mester a kustum brá di ta su so.

Despues di matrimonio e hende muhénan a kai den un ritmo nobo. Mai Sila a keda bin serka su mama tur dia. Den dia e muhénan tabata huntu den kushina den kas di Shon i anochi nan tur tabata sinta huntu bou di palu te ora di bai drumi. Fitó a bin aserka gewon manera un yu hòmber di Mai Yeye. E hende muhénan mester a kustumbrá ku un hòmber mei mei di nan kòmbersashonnan.

Pero Fitó a demostrá ku e tabata un hòmber trankil i ku rèspèt pa Dios i pa hende muhé. Pronto e tambe a bira un parti di e famia i e hende muhénan a siña apresiá punto di bista di un hòmber. Mai Yeye a stim'é manera un yu hòmber i tur hende por a ripará bon bon ku Sila a haña un bon kasá.

Chichi a tuma hopi trabou for di Mai Yeye su man. Chichi den su hubentut tabata tin un kurpa delegá, será i muskular di tur e trabounan manual ku e tabata hasi. El a bira un muhé bon formá! Ku hep hanchu i un zuai. For di dia Bois su tata a kumpra su libertat i bai, nunka mas Chichi no a mira nan. El a tende ku nan tabata biba na Punda i tabata traha for di nan kas. Ratu ratu e tabata kòrda riba Bois. Pero e mes tambe a mira ku un relashon ku Bois lo no tabata posibel tòg. Un katibu no por ta mará na un hende liber. Tur dia Chichi tabata lanta trem pan pa e hasi tur su responsabilidatnan. For di kuat'or e tabata kuminsá pone awa herebé i kuminsá traha. Chichi tabatin ku buska kasi tur mata di remedi, ya komo ku Mai Yeye no tabata bai mondi mas pa buska yerba. Chichi no tabata wòri. E gusta kana bai den mondi i buska yerba. Semper e tabata bai ku Mimina i for di chikí e yu a siña kon ta kue blachi i kon ta seka nan. Ku diligensha Mimina tabata yud'é.

Den kas Mai Sila a trein un katibu hóben pa yuda ku trabou

di limpiesa. Rubi tabata un katibu ketu ku tabata hasi su trabou sin molestiá mashá. Anochi e tabata kana bai su hùt pa e drumi serka su mama. Mardugá e tabata kana bin i yuda Chichi den kushina i ku trabounan di kas. Awor ku dos mucha ku tabata susha kurpa tur ora, i ku tabatin ku kambia paña kada ratu, trabounan a kue kurpa.

Chichi tambe tabata tin responsabilidat den kas. Dia di traha zeta di koko tabata un dia ku sa ta hopi drùk. Huntu ku tur trabou di tur dia Chichi i Rubi a kuminsá i prepará pa nan traha e zeta. Nan tabata usa zeta di koko pa hopi kos i nan mester di kantidat grandi riba e Kunuku. Anto e zeta di koko ku yerb'i hole aden tabata mashá gustá. Chichi tabata traha e zeta di koko sigun e reseta ku Mai Yeye a usa semper. E tabata un reseta úniko i hopi hende di Punda tabata manda respondi ku Fitó pa manda zeta di koko di Yeye.

Na Kunuku nan tabata usa e zeta pa hende ku tabata bira benout. Mai Yeye tabata kere ku ta doló di kurason ta laga hende bira benout anto e tabata laga e hendenan bebe un kuchara di zeta tur dia. Chichi tabata usa zet'i koko hopi pa será di kurpa i pa heridanan. Anto Mai Sila a traha e zet'i koko den un krema pa *Mefrou* hunta su kueru kuné. For di dia *Mefrou* a kuminsá uza Chichi su habon trahá na kas, huntu ku e krema di koko su kueru tabata hopi mas suave i su kútis blanku moli no tabata haña tantu ploi mas manera ántes. Tambe nan tabata usa e zeta pa hende ku tabata hopi ferkout òf ku tabata tin pechu será. Mai Yeye sa uza e zeta ku yerb'i hole pa e baha keintura i hunta riba pechu kontra di tosamentu. Hende ku infekshon di kueru tambe gusta pasa tuma un bòter di zet'i koko serka Mai Yeye. Chichi a kuminsá usa zet'i koko pa hasa karni aden i tambe pa traha habon. E kantidat di mas grandi di zet'i koko ku Chichi tabata tin ku traha tabata pa nan por sende nan lampinan di kandela anochi.

Tambe tabatin dia ku Chichi tabata lanta trempan pa traha habon. Nan tabata usa basta habon riba e plantashi. Habon sí, Chichi no tabata traha pa tur katibu haña. E tabata traha pa kas grandi so, aunke semper e tabata traha un tiki pa nan propio uzo i pa manda Punda. Mai Sila i Mai Yeye gusta e habon. Nan ke tabata limpi i ku paña limpi ora nan tabatin ku traha den kas. Tur e trabounan aki e muhénan tabata traha huntu i siña e muchanan.

Kosnan a kambia dia Chris a hasi seis aña. *Mefrou* a manda buska un tutor for di Punda pa siña Chris lesa i skibi. Ku duele Chichi a mira "su" yu hòmber bai for di dje. Awor ta na mesa so e por a mira Chris. Den zòlder nan a traha un kuarto pa dun'é lès i eiden Chris tabata pasa tur su dianan. Ora lès kaba, e tutor, un hòmber serio, tabata sali kana ku Chris riba e plantashi. Tin dia nan tabata laga trese e kabainan i nan tabata kore bai un kaminda. Ta djaleu Chichi tabata mira Chris. E tutor no tabata haña ku un mucha grandi mester ta ku un katibu pretu tur ora. "E mucha no tin mag di siña kos robes." El a splika *Mefrou*.

Tambe, for di e dia ei Chichi mester yama Chris, "Mener Chris". Chris semper a keda un mucha flaku, yen di wesu i hopi bia fèrkout. E no a bona nunka. Pero el a resultá di tabata un mucha ku por siña bon i fásil. E gusta lesa i si e no tabata den lès e tabata sinta trankil un kaminda ta lesa un buki. Na edat di ocho aña e tutor a kuminsá papia ku Shon Moron pa manda Chris Europa pa su edukashon.

Mefrou a yora mashá i pidi na tur manera pa su yu no bai lag'é pero no tabatin nada ku e por a hasi. E tutor a konvensé Shon Moron ku e mucha mester di un edukashon mas mihó. Ku un mama malu, ta katibu ta kuidando e yu. Esei no por sigui asin'ei. Na edat di 10 aña Chris i su tutor a biaha pa Hulanda.

Despues ku el a bai, *Mefrou* Wilhelmina a yora hopi dia pa su yu hòmber. El a bira asina malu ku e no a sali su kamber mes mas. Shon Moron su bida tabata difísil. Hopi biahe pa Punda pa su negoshinan i un kasá debil ku no por yud'é ku nada.

Chichi tambe a yora Chris.

Miriam i Mimina no tabatin mashá kontakto ku Chris mas, ya komo ku kasi e no tabata pèrmití pa hunga i sigur no ku mucha muhé òf ku un katibu. Chichi a keda kuida e dos mucha muhénan manera ta e ta mama di nan tur dos. Pa motibu di e salú suak di Miriam, Shon Moron a disidí ku e no ta bai haña un tutor manera Chris. Pero dos bia pa siman un Yefrou di skol lo bin pa siña Miriam na kas mes.

Ora Chichi a tende e notisia, el a kuminsá resa pa Shon Moron pèrmití su yu, Mimina, tambe siña lesa. Un dia el a tuma kurashi i pidi *Mefrou* Wilhelmina.

Esaki a bisa: "Mimina lesa? Dikon? Pero e ke? E lo por? Mi no ke pa e forsa su mes bira malu. Lesamentu ta kos difísil."

"Si *Mefrou*, mi sa pero mi ta kere ku Mimina por. E ta un mucha sabí." Chichi a bisa kabes abou.

"Si naturalmente Chichi, si bo ke Mimina tambe por siña lesa. Mi a yega di tende di algun katibu hòmber ku por lesa pero un mucha muhé chikitu asin'ei manera Mimina? Pero si bo ke nos por purba."

Ora *Mefrou* a papia e kos ku Shon Moron esaki no a aseptá dje fásil ei.

"Wilhelmina, no ta bon pa nos katibunan ta muchu sabí. Bo no mester a bisa "si". Pakiko nos katibu mester por skibi i lesa? Ta kushiná e mester siña kushiná."

Mefrou a kuminsá yora i bira kòrá. "Norbert, si no ta pa nan, ami i mi yunan lo tabata morto. Bo ta kere ku mi por bis'é nò? Bo sa kuantu ora Chichi ta para waya mi aki den ora ta kalor? Kon bo ta kere ku e lo trata mi si e tin rabia den su kurason, si mi no laga su yu siña ku Miriam?"

Shon Moron a keda wak señora Wilhelmina boka habrí. "Ta abo ta su doño, no ta bo asuntu si e ta rabiá. Bo mester eksigí ku e ta waya bo."

"Norbert bo no ta komprondé, e hendenan aki ta trata nos manera ta famia nos ta. Nan ta bon pa nos. Ami no ta bai bisa nan "no" pa un kos simpel asin'ei. Si mi tabata por lo mi a duna nan libertat. Nan ta mas hende ku kualke un hende blanku ku mi konosé. Nan tin rèspèt di Dios i di hende. Ta nan a kuida Miriam i Chris pa mi. Mi no ta trata nan malu, anto si bo hasié mi ta bai ta mashá rabiá ku bo."

Mefrou Wilhelmina a basha abou na yoramentu.

Shon Moron a baha su kabes. Ku bèrgwensa el a pensa riba e karta ku el a risibí di Shon Pe. E karta tabata splika e kondishonnan bou di kua e kuater muhénan a bin biba na nan kas. Entretantu Mener Jan a muri den un aksidente ku kabai. Su kasá, ku nunka no a haña yu a bende tur kos i bai biba na Aruba, despues di tempu e tambe a muri. Shon Pe a bisa bon kla ku e no tabata doño di e hendenan ei. Na su pareser nan tabata liber pa bai unda ku nan ke. Of keda traha pa Shon Moron manera ta parse nan mas mihó.

"Nan no ta katibu mas sino hende liber."

Shon Moron tabatin un tiki bèrgwensa ku el a skonde e karta ei i nunka no a bisa niun hende nada. E sa bon bon ku su kasá lo no por sin e muhénan di medisina pa yud'é. E mes tampoko lo no por sigui biaha bai Punda bin, si su kasá lo no tabata bon kuidá asin'ei. E

sa ku e mester di e muhénan i el a disidí di skonde e karta i sigui
biba manera nada no a pasa. El a primintí su mes ku asina su kasá
bira bon e lo duna e muhénan un karta di libertat. Pero te e dia ei e
mester di nan.

Pa gana pas Shon Moron a duna su pèrmit numa pa katibu
Mimina haña lès ku su doño Miriam.

Aunke ku e Yefrou no tabata di akuerdo pa duna un mucha
pretu lès den su lokal el a hañ'é ta hasié pasó Shon Moron a pag'é bon
i a manda busk'é for di Hulanda pa e hasi e trabou. Asina e lèsnan a
kuminsá. Yefrou a laga Mimina sinta te patras den klas i kada ratu e
tabata manda Mimina bai kue un glas di awa p'e òf un buki ku el a
lubidá. Mimina no tabata pèrmití pa papia, ni puntra nada den lès.

Miriam i Mimina a kapta e lèsnan lihé i *Mefrou* Wilhelmina
a disidí di laga e Yefrou bin kuater mainta. Huntu ku lesa i skibi nan
mester siña historia i geografia.

Ora e muchanan a hasi 10 aña nan tabata haña lès di kome
na mesa, balia na fiesta i prepará un te di gala. Mai Yeye i Mai Sila
tur dos tabata kontentu ku Mimina tabata inteligente asin'ei. Nan
tabatin un siguransa ku pronto tur katibu lo tabata liber i nan sa ku
un edukashon asin'ei Mimina por haña trabou fásil.

Chichi sí tabatin miedu den su kurason ora e mira su yu bunita
sinta resitá poesia na Hulandes, historia di Europa i baile di salon
Hulandes na lugá di Afrikano. Sóbadje e yu tabata blanku kompará
ku nan anto ku tur e kosnan di hende riku nan aki e yu tabata kapas
di kere ku e ta mas ku e ta. Ora Chichi papia, ni su mama, ni su wela
no tabata hasié kaso. Manera semper nan tabata respondé, "Dios sa
kiko E ta hasi. Si E ke prepará Mimina pa un mihó bida E hasié. Abo
sòru siñ'é tur kos ku e mester pa e ta un bon katibu pa tanten i tur
medisina pasó dia nos no tei mas ta boso mester keda hasi e kosnan
aki."

Kapítulo 17

Manera Ruman

Mimina a lanta manera ruman ku Miriam. Kaminda esun ta, e otro tabata. Tur ora nan tabata hunga huntu, hasi lès huntu i kanta hari. Tur paña segunda mano di Miriam tabata bai pa Mimina.

Mimina tabata un mucha alegre, kontentu, sin renkor i sin niun klase di distinshon di persona.

Aunke kuantu amiga e tabata di Miriam e tabata sa ku e mester a sirbi Miriam. Su mama a imprimí esaki den dje for di chikitu. I e no a pensa nunka ku esaki tabata un desigualdat. Asina kos ta. Asina ta bida di un katibu. 'Nos ta amiga pero ami tin ku sirbi Miriam.' Asina Mimina a krese. I e no tabatin niun renkor ku esaki. Pa ta un katibu no tabata dje difísil ei pa Mimina. E tabata bon bistí, bon kom'é, e tabatin amistat ku su shon, e tabata siña tur loke Miriam tabata sa. E no tabatin niun problema pa sirbi.

Mimina su tristesa di mas grandi a resultá dia ku su Mai Yeye stimá a bai sosegá, ketu asin'ei den su soño. Sin sufri, i sin tabata malu. Sin mira libertat di katibunan ku tantu el a resa pe. E sla tabata duru pa tur tres muhé.

Riba e plantashi e tempu ei tabatin un katibu hòmber Adam ku Shon Moron a bin kuné for di Punda. Adam por a lesa i asta e tabatin un beibel na spañó. Tur djadumingu e tabata hiba e palabra pa e katibunan ku ke bin tende. Mai Yeye tabata bon amigu kuné i tabata traha tur su habonnan, skalchinan, remedinan i demas pe. Dia Shon a trese Adam na Kunuku el a kibra e famia, lagando e mama i e yunan na Punda. Adam tabata tin hopi tempu sin mira ni tende di su kasá. Ta Mai Yeye tabata yuda Adam resa pa di un manera òf otro e pareha i yunan por reuní ku otro.

Fitó a manda yama Adam pa e kuminsá ku e ritualnan di deramentu. Mes ora kachunan di e plantashinan den bisindario a kuminsá zona pa anunsiá morto di Mai Yeye.

Mimina a kòrda bon bon, e dia ku Fitó a sinta traha su kachu bo'i palu ku nan. Tabata un kachu di baka, Fitó a zag un pida afó i bora dos buraku aden. Un na e banda bòl i un na e punta. E kachu ei Fitó tabata usa pa e yama e katibunan. Tin bia e tabata papia aden tambe. Ken por a pensa ku awe e kachu ei lo kanta morto di Mai Yeye? Anochi bou di skuridat hopi katibu i hende liber ku por a kana yega, a bin pa despedí. A dera Mai Yeye e mes un anochi ei.

Mimina a keda hopi tristu i pa kolmo *Mefrou* a manda yam'é pa bisé ku e mester tuma tur trabou di Mai Sila over pa asin'ei Mai Sila bai den kushina. Chichi i Mimina a kuminsá sirbi mesa i kas. Tur lès huntu ku Miriam a bin para i e dos amiganan tabatin ménos tempu pa ta amiga.

Mefrou a laga e Yefrou di Miriam trese algun mucha muhé, yunan di doño di otro plantashi ei banda, bin bishitá Miriam. Tambe, Yefrou a kuminsá sali regularmente ku Miriam pa hasi bishita i siña tur loke e mester sa pa ta un dams. Hopi bia nan tabata bai Punda i keda hopi dia ayanan. Despues Miriam tabata bin kas ku yen bistí nobo i historia di komedianan ku el a bishitá i fiestanan ku el a bai ku su Yefrou.

Mimina tabata kòrda tur e weganan dushi ku nan tabata hasi na mucha. El a kòrda kon tin bia nan tabata huí bai landa den dam pariba di kunuku maske Mai Sila no tabata ke. Awor Miriam no ke sali den solo mas! *'Pa mi kuida mi koló'* el a bisa. Asina e sali pafó e tabatin un parasòl riba su kabes pa tapa solo. Anto Mimina mester a karga e parasòl.

Mimina a kòrda kon nan tabata huí bai piki mango i drumi bou di e palu di mango kome mango un tras di otro sin laba nan. Kuantu bia nan no a hunga tapa kara den e hùtnan di e katibunan? Aunke ku Miriam no tabatin mag di bai einan tòg tur e katibunan tabata trata nan bon i laga nan hunga. Mimina a kòrda kon e tabata bai den kushina di Kas Grandi bai traha un bolo "pa Miriam". Y ora e bolo tabata kla nan tabata bai den mondi i sinta kom'é nan dos huntu.

Huntu nan a siña bula kabuya, hunga bala, traha pòpchi di mea bieu, siña skibi i lesa. Aunke ku den klas Mimina mester a sinta te patras i e no por a puntra nada. Miriam sí tabata haña tur atenshon di e Yefrou. Tòg ta Mimina mes tabata yuda Miriam ku su "hùiswèrk" pasó Miriam no tabata komprondé tur kos. E lastu añanan Mimina asta tabatin ku traha e hùiswèrk di Miriam. Pero nunka Yefrou no a haña sa ku Mimina tabata trahé.

Awor tur Mimina su dia tabata tin ku bai den trabou di kas.

Chichi a tuma mas tempu i mas atenshon pa e trein Mimina den medisina i promé ku e mucha a hasi 12 aña e por a trata heridanan, dolónan i prepará tur kos ku su mama tabatin mester pa yuda ku parto. Ora Mimina a kuminsá komprondé bida, Chichi i Mai Sila a splika Mimina tur kos ku nan a pasa aden. Nan a spièrta Mimina mashá pa no konfia hende hòmber. E pasado di su mama i wela a hasi un impreshon grandi riba Mimina. Hopi bia nan tabata papia riba e susesonan i hopi pre gunta tabata lanta serka Mimina tokante e situashon rasial i relashon entre hòmber i muhé.

Den su kurason el a disidí di no konfia niun hende hòmber i sòru pa nada no pasa kuné. E si, lo no pèrmití un hende hòmber abusá di dje. E ta bai wak bon.

Chichi tambe tabata mashá pendiente. Asina Shon Moron trese un hende for di Punda pa keda drumi òf kome, Mai Sila tabata inventá un kos pa Mimina hasi leu fo'i kas. Manera bai yuda un katibu ku tabata na estado, bai piki remedi ku tabata di suma importansia òf bai laba paña. Nunka Mimina no tabata haña un chèns pa sirbi na mesa. Nan tabata tene Mimina mas patras di kas posibel. Esei a yuda ku Mimina a lanta protehá. Pero spiertu pa su añanan. Mai Sila tabata kont'é tur kos pa e no keda sorprendé den niun hende.

"Mi yu no konfia niun hende. Ni blanku ni pretu. Anochi keda den kas i no kana tene man ku niun mucha hòmber, ni hari ku nan, pasó nan ta kere un kos pa otro." Tòg Mimina tabata un mucha alegre. Hopi bia atardi e ku Miriam tabata sinta riba pòrch papia i hari.

Miriam a kuminsá lag'é kana bai kue yen kos p'e, manera el a mira su amiganan tabata hasi ku nan katibu. Awor ku el a kuminsá ek-sperimentá ku e kos, a resultá ku Mimina tabata hasié tambe sin bisa nada. Miriam a kuminsá haña e kos prèt i mas tantu ainda ora su ami ganan tabat'ei e tabata keda yama Mimina pa hasi kos p'e. Mimina ku su bon edukashon tabata bai bin ku un smail i ku grasia sin nunka rabia òf reklamá.

E amiganan di Miriam tabata envidioso di dje. Niun di nan no tabatin un katibu blanku asin'ei, ku por hasi medisina i ku tabata sirbi nan ku tantu smak. Nan mester a traha ku e bara pa nan katibunan hasi e mínimo anto Miriam tabata djis pidi anto e kos tabata keda kla rápido.

Miriam ku semper a keda un mucha flaku, kabei seku i kara largu a sintié bon ku maske ta esaki e tabatin mas ku su amiganan ku ya kaba tabatin figura i pechu den nan bistí. Ku 14 aña Miriam si tabata plat plat manera un depchi. E no tabatin sintura i e tabata largu. E tabata laga kose shimis pa lag'é keda manera un dama.

Mefrou Wilhelmina su kurpa a bai hopi atras i kada bia e tabata pidi Shon Moron pa manda buska Chris pa e wak. Riba e dia ku Miriam a kumpli 15 aña e soño aki a bira un realidat. Mei mei di fiesta ku tur Miriam su amiganan un kabai a kore yega i e mucha hòmber ku a baha afó a resultá di tabata Chris.

Chris na edat di 19 aña tabata un hòmber formal kaba. El a keda tur e tempu ei serka su welanan Shon Pe i *Mefrou* Jo na Hulanda. Dia Shon Pe a fayesé el a keda biba ku *Mefrou* Jo. Esei tambe tabata un di e motibunan ku e no por a bin Kòrsou. *Mefrou* Jo no por a keda su so.

Mai Sila i Chichi a kore sali for di kushina ora Mimina a bin konta nan ansioso ku Chris a bin bèk. Mai Sila a pasa man kue un skalchi ku mankaron i Chichi no a pèrdè pa gana i a kasi kore bai den sala ku un skalchi di webu yená djis pa e por wak "mi beibi Chris". E no por a kere ora el a mira Chris. Masha largu mes. Ku un kutis blanku i kara largu meskos ku Miriam. Kasi Chris no a kambia. El a keda e mes un mucha flaku, largu ku kabei blanku fini fini. Maske ku Chris lo no a gana un premio di bunitesa, pa Chichi e tabata e mucha di mas bunita den e sala ei. Chichi a keda na porta pará djis pa e por a mira Chris. Esaki tabata papia ku e amiganan di Miriam ku tabata krusa wowo kuné i koketiá. Chichi sa bon bon ku no ta pa su tipo nan tabata gust'é. Nan sa ku e tabata e úniko yu hòmber, bon studiá, di Shon Moron i e tabata e heredero di tur e kosnan aki. Chichi a komprondé bon bon. E tabatin gana di kore spièrta su "beibi Chris" pa e "mal bainanan" ei.

Ora Chris mira Chichi el a kana bin lihé, i kue Chichi brasa. "Mama Chichi kon ta bai?" El a sunchi Chichi.

Chichi a spanta, "Mener Chris, no den hende, no ta apropiá."

Shon Moron a hala serka lihé i a kuminsá papia ku Chris, i di e forma aki hala Chris bèk den kompania di fiesta.

Chichi a bai den kushina ku alegria den su alma. Su "beibi" a bin kumind'é asta den un sala yen di hende blanku. E no tabatin bèrgwensa di dje.

No tabata Chris so ku a haña hopi atenshon e anochi ei. Miriam tambe tabatin bista riba Mijnheer Waterman, ruman hòmber di un di su amiganan. Tabata parse ku Mijnheer Waterman tambe tabatin atenshon pa Miriam.

Despues di fiesta Miriam a manda yama Mimina i huntu ku Chris nan a sinta papia te mardugá. Chris i Mimina a kombersá manera ta ayera nan a mira otro i Miriam tabata kontentu ku e por broma ku e ta bai sali ku Mijnheer Waterman. Riba e tema ei so e por a papia. E tabata fantasiá na unda MijnheerWaterman lo hib'é, kiko e lo bisti, kiko nan lo papia i kon nan lo kasa. Miriam tabata soña i soña. E tabata papia i papia. Pa promé bia e tabatin un speransa di romanse den su bida. E tabata filosofiá i sigui floria su relashon ku Mijnheer Waterman.

Aunke awor nan tabata hende grandi, e anochi aki riba pòrch sintá, tabata manera no tabatin koló, ni posishon, ni edat. Nan a papia sin stòp. Nan a konta otro tur kos ku a pasa den nan bida.

Chris a keda algun dia na Kunuku. Kasi tur su tempu e tabata pasa serka *Mefrou* Wilhelmina. Asta *Mefrou* a laga Chichi yud'é pa lei e bai mesa un dia pa e tambe por tabata na mesa huntu ku su yu. Chris a siña hopi kos na Hulanda i tabata masha interesante pa skuch'é papia, splika i konta. Mimina tambe tabata gusta para tende.

Chichi mester a papia serio ku Mimina. "Mi no ke bo sinta den kompania di Chris. Ta mucha hòmber e ta anto mi a mira su wowonan riba bo."

"Ay Mai, ta ko'i kèns. Ta Chris, ta amigu nos ta, manera ruman."

Chichi a keda insistí. "Mi yu, banda di katibu no tin ruman. Ora e ke e por manda yama bo. Mi no ke bo den kas mes. Mi no sa kiko mi ta bai hasi. Mi no por manda bo Punda tampoko ku Fitó pasó na Punda tambe tin yen sinbèrgwensa ta kana."

Chichi a bai Punda dos bia den su bida pero e tabatin asina

sigur ku Punda tabata yen di hende sinbèrgwensa, mas tantu hende hòmber, ku e no por laga Mimina bai. Ora Chichi tende 'Punda' el a tende 'Sodoma i Gomora'. "Mimina, mi no sa kiko mi ta bai hasi pero bo ta bai den bo kuarto anto bo ta keda eiden! Mi a papia!" Chichi a mustra riba nan kuarto i Mimina a obedesé i kuminsá kana.

Kabes abou Mimina a drenta den nan kuarto. Chichi a kana stret bai *Mefrou* pa bis'é ku Mimina tabatin un grip na kaminda i ku e no ta bin traha pa e no pega otro hende. Chichi a manda buska Rubi su ruman, Kela, pa bin yuda den kas.

Ku masha maña Chichi a logra skonde Mimina mas ku un siman. Pero e dia a yega ku e mester laga e mucha traha atrobe. El a dun'é trabou di kushina i a spièrt'é pa no bai banda di Mener Chris. Anto si mester e kore duru bai lag'é. Mimina a disidí di paga atenshon. E tambe a mira e mirada di Mener Chris i el a disidí di kana ku koutela. E no ke pa pasa kuné manera a pasa ku su wela i mama. Ademas Mimina mester a yuda ku *Mefrou* Wilhelmina ku no tabata sinti su kurpa bon.

Henter siman Miriam no por a papia nada otro ku no ta e salimentu ku e tabata bai tin ku su Mijnheer Waterman. El a laga e kosedó, Stella, bin pa kose un bistí p'e, anto nan mester a traha e bistí di tal forma ku ta keda manera Miriam tabatin mas pechu ku e tin di bèrdat. Miriam a keda papia ku Mimina tokante di su salimentu i su bistí nobo.

Kapítulo 18

Morto

Lástimamente *Mefrou* Wilhelmina no a bira bon pero mas malu. El a haña keinturanan haltu i ni maske kiko Le Docteur a hasi p'e el a keda malu. Shon Moron a regresá for di Punda asina notisia a yega serka dje ku su señora tabata malu. El a bolbe manda yama dòkter. Ora el a regresá, e úniko kos ku Le Docteur por a hasi p'e tabata konstatá morto. *Mefrou* Wilhelmina a bai laga nan. E kas a kai den un rou profundo. Miriam i Chris a yora nan mama sin por stòp.

Miriam su keirumentu ku Mijnheer Waterman mester a para.

E katibunan a supla kachu for di mainta te anochi. Mai Sila i Chichi a prepará *Mefrou*. Shon Moron mes a pidi nan hasié pasó e sa ku kuantu amor i dedikashon nan a kuida su señora p'e. E mes tabata kana rònt manera un zumbi. Aunke su kasá tabata malu hopi tempu, tòg e no a pensa ku e lo muri asina lihé. Lagando e muchanan sin kasa mes ainda.

Shon Moron a ripará e dedikashon i duele di su kriánan i el a kòrda riba loke el a hasi ku e karta. Talbes awor ku su kasá no tei mas e lo por wak kiko e por hasi pa nan. Pero no ta mihó e warda te ora kos trankilisá un tiki. Ata e muhénan ta bon kuida, bon kome? Nan no por tin pura di ta liber...?

***

Despues di entiero Shon Moron a bai Punda bèk i a hiba Chris kuné pa mustr'é parti di e negoshi aya. Adam tambe a bai ku nan pero maske kuantu Miriam a roga, nan no a bai kuné. "Bo ta den rou i bo ta keda kas." Esei tabata palabra final di su tata.

Miriam a keda su so den kas ta kana rònt. Shon Moron a manda buska Yefrou bèk pa kompañá Miriam. Miriam a rabia. El a haña ku e no ta mucha mas ku mester di Yefrou pa kompañ'é. E tabata dependé mashá di Mimina. Esaki mester a tende e mes un historia di Mijnheer Waterman bes tras bes. Miriam tabatin un speransa ku e lo por risibí Mijnheer Waterman pronto pa bebe te, awor ku nan lo no por bai sali mas pa motibu di luto.

Riba un atardi Miriam a risibí bishita di dos amiga ku a bin pa kompañ'é un tiki. Den kombersashon el a komprondé ku Mijnheer Waterman a bai sali ku Mimi, yu di Shon Hermes, doño di plantashi West. Anto a parse ku nan lo bai sera un kompromiso ku otro.

Miriam su mundu a kai den otro. Kon por ta posibel? Nunka niun mucha hòmber no a papia kuné. Ni maske kuantu el a hasi su bèst na tur e fiestanan ku el a bai. E no sa haña hende pa balia kuné tampoko. Awor ku Mijnheer Waterman a bin nan kas i a mira e grandesa di tur kos, el a mustra un tiki interes. Anto ata awor e ta bai komprometé ku un otro ku tambe tabatin bon material. Miriam a yora hopi dia largu. Mimina i Chichi a konsol'é mas tantu posibel pero e no tabata ke konsuelo. El a keda un mucha rabiá i tristu. Su kurason a bira beter.

Dia Shon Moron regresá kas ku Chris, Miriam su aktitut a drecha un tiki bèk. Huntu ku Shon Moron nan a trese henter e famia di Adam. Un Adam kontentu a bula baha for di e waha i yuda su señora i yunan baha. E yu hòmber di mas grandi di Adam a hisa kara wak Mimina i na mes un momentu el a namorá profundo di e mucha muhé bunita ei. Nunka el a mira un mucha asina bunita. Ku un kueru koló di oro den e solo di atardi i su kabei ku tabata lombra pretu, den flèktu riba su kabes. Su kurpa bon formá ku bon pechu i hep rondó. E mannan tabata largu bon formá i Ruben tabata blo maginá e pianan kon nechi nan lo tabata bou di e saya.

No tabatin awa pa laba. Ruben ke e mucha aki.

E mes un siman ei el a pidi Mimina pa tene man. Mimina no tabata mashá interesá. E tabatin bon skremènt di hende hòmber manera su mama a kont'é semper. Chichi no ke tende di e kos ei tampoko. "Ruben ta katibu di kunuku. E no tin moda di kumpra su mes liber. Mi no ke pa bo tin niun relashon ku un hende asin'ei. Mi ke pa bo warda. No tin purá. Ta e aña aki bo ta hasi 16 aña. Warda te dia nos haña un hende mas mihó pa bo. Mi ke pa bo ta liber un dia. Abo por traha komo muhé di medisina i partera pa bo mantené bo mes, pero Ruben? Ta katibu di kunuku e ta. Bo ke bo yunan mester traha den kunuku tur dia i habri nan lomba? Manera Fitó zona kachu mainta nan ta kuminsá traha i ta te ora solo baha nan ta stòp. Nan no tin nada pa bisti. Ta un bia pa aña nan ta haña pida paña. Nan yunan no tin sapatu. Nan mes tampoko. Nan no tin kama i ta funchi nan ta kome tur dia." Chichi a keda papia pa konvensé Mimina. "Nos mester ta kontentu ku Shon Moron ta laga nos skohe ken nos ke biba ku n'e. Hopi Shon ta hinká mucha muhé den man di kualke hòmber djis pa nan produsí yu p'e bende. Pakiko bo ta bai skohe robes? Warda."

Kabes abou, Mimina a hasi su mama kaso.

Ruben a persistí. Djadumingu despues di misa promé ku seis'or di mainta el a aserká Mimina. Ruben a kont'e ku na e otro plantashi djis ei banda tabatin un kasamentu i ku su tata tabata e pastor. Nan lo por bai e fiesta ei si Mimina ke.

Un fiesta! Nunka ainda e no a bai un fiesta komo invitado. Mimina su wowonan tabata lombra. Semper el a sirbi na Miriam su fiestanan. Pero awor e mes por bai un? Kontentu el a bai pidi Chichi pa e por a bai e fiesta. Chichi no tabata dje trankil ei ku e kos. El a pensa e kos hopi. Adam lo tei pa wak e muchanan i nan tur lo bai huntu ku algun ruman liber di misa. Chichi a duna pèrmit despues di papia ku Adam. Mimina, felis pa su promé fiesta tabata blo pensa kiko pa bisti.

E tabatin dos shimis di saku di ariña blanku limpi pa e traha aden ora di fiesta i algun bistí di tela brutu pa tur dia. Niun di nan no tabata apropiá pa un fiesta di kasamentu.

For di dia ku su kurpa a yena bai laga Miriam e no por a bisti Miriam su pañanan mas. Pero na e mes un momentu ei el a kòrda riba e bistí ku Miriam a laga traha dia el a kere ku e lo bai sali ku Mijnheer Waterman. El a laga kose e bisti hanchu ariba pa e por yen'é ku katuna pa e parse mas yen. Mimina tabatin sigur ku e bistí ei por pas e. Purá, sin pèrdè pa gana el a kore bai ariba, pa e bai papia ku Miriam. Miriam tabata den sala sintá ku Chris i Shon Moron i Mimina no por a bisa nada e ora ei. Ta di warda te ora e por haña Miriam su so.

Pará pafó di sala, skond'é tras di e pochinan grandi di mata, Mimina a tende kon Shon Moron tabata konta su yunan ku e ta bai keda biba na Punda kaminda e tabatin negoshi di kòkou. Chris lo tuma e mando na Kunuku. E lo keda biba ku Miriam einan.

Mimina, soñando ku su fiesta no a pone masha atenshon. E
bosnan paden tabata subi i baha tanten nan tabata diskutí e
kambionan. Diripiente Mimina a pone atenshon ora e tende Chris
papia di su famia. "Pápa, tokante di e katibunan di medisina, mi ta
kòrda un kos ku mi mester a puntra Pápa basta dia pero kada bes mi a
lubidá. Ta un respondi importante pa Pápa di Opa Pe. Promé ku Opa
muri el a keda bisa mi pa bisa Pápa pa regla e kos pa e katibunan di
medisina. Mi no sa kiko e tabata kier men. Pero e di ku Pápa sa i ta
komprondé."

Mimina a stòp di pensa riba su fiesta i bistí mesora i keda
pará ketu pa skucha. Kiko Shon Pe por a manda bisa tokante di nan?
Mimina tabata kòrda Shon Pe un tiki so. Pero el a tende masha kos
bon di Shon Pe. E tabata un bon hende pa su katibunan. Ta e a duna
diferente katibu un beibel i oportunidat pa kumpra nan mes liber
masha fásil mes. Shon Pe a bai laga un bashí grandi serka hopi katibu.
Ta e a kuminsá laga yu keda serka nan mama tambe. Mimina a lèn
dilanti pa e purba skucha mas mihó. El a wak e kara di Shon Moron
bira kòrá i trèk. Ta kiko ta pasando? Mes momento Mimina a lubidá
su fiesta mes mes. Kiko Shon Pe por a manda bisa ku Shon Moron
ta kòrá asin'ei? Ketu ketu Mimina a hala mas serka pa e tende mihó.

Shon Moron a sakudí su kabes. "Si, mi sa ta tokante di kiko e
tabata papia."

Chris a keda wak su tata ku ekspektativa. "Kiko Pápa mester
regla pa famia di Mai Yeye?"

Mimina tambe ke sa esei! El a wak rònt, pasó si Mai Sila pasa
mir'é ta skucha tras di porta, el a kue awa.

Shon Moron no ke duna boka. "Si mi yu, mi sa ta di kiko e
tabata papia. El a pidi mi pa wak nan bon p'e. No prekupá bo. Nan ta
bon kuidá."

Mimina a lur wak. Chris tabata stret pará ta wak su tata duru
den kara. E no tabata konvensí. "Opa tabata kier men mas ku kuida
nan so Pápa." El a bisa. "Opa tabata prekupá pa un karta ku el a skibi
Pápa. Den dje el a splika e situashon ku e kier men."

Awor sí Mimina tabata ansioso pa sa. Ta kiko anto Shon Pe
por a skibi? Unda e karta ei por ta? Si e mira e karta e sí lo por les'é i
konta su mamanan.

Shon Moron a keda bira bira inkómodo riba su stul i el a pasa su mannan den su kabei. E no a wak Chris den su kara i su bos tabata tembla un tiki ora el a bisa: "Chris, no prekupá bo. Ta awor bo a yega for di Hulanda for di tempu bo tabata mucha. Bo no sa kon kosnan ta aki na Kòrsou. Mi a regla e kos ei kaba!" Shon Moron a usa su tono strèn pa e kaba e kombersashon mas lihé posibel. Pero el a laga su yunan i Mimina den un duda grandi.

Shon Moron a tene su kabes den su dos mannan i lèn dilanti. *"No ta muchu mas mihó pa e muhénan keda bou di mi dak kaminda mi por protehá nan i proveé pa nan. Si nan ta liber sin un hòmber pa guia i kuida nan, kiko lo para ku nan? Hende pretu por pensa pa nan mes anto? Nan por biba bon si no ta bou di guia di un Shon? Unta asina nos a siña semper? Mi no ta mal hende tòg? Ata mi ta laga nan biba fásil. Ata nan ta kome bon. Nan no mester di libertat. Anto awor aki sigur mi no por duna nan libertat. Mi tin ku kasa mi yu muhé i ken ta bai kuida su yunan p'e? Mi sa bon bon ku Miriam no ta fásil. Pa kolmo e ta suak meskos ku su mama. Kasi sigur su yunan lo nase ku problema anto mi mester di e muhénan di medisina ei pa kuida Miriam i mi futuro nietunan."* Shon Moron ta pensa den su mes, pero e no ta bisa nada.

"Pero, Pápa, Opa Pe tabata insistí pa bo hasi algu pa nan. Mi ta kere ku e tabata sintié malu ku algu. Pero e no a bisa mi ta kiko." Chris no tabata konvensí di e splikashon di su tata. Shon Moron a keda trankilis'é i a pri mintié ku el a regla tur kos ku tabatin ku regla pa nan
kaba.

Mas lat Shon Moron a manda yama e Fitó i Mai Sila i a partisipá nan ku e ta bai muda bai Punda i ku e ta bai ku e Fitó i Mai Sila. Adam lo bira Fitó di Kunuku.

E notisia tabata un sla duru pa Mai Sila. El a kai sinta den un stul. Pa promé bia den su bida e no por tene su kara règt dilanti di su Shon. E tabata tembla i yora. Mai Sila no konosé nada otro ku no ta su kas i su Mai Yeye semper a biba kuné pa yud'é i kompañ'é den tur kos. Kon e ta bai hasi awor?

Shon Moron a ripará ku e notisia tabata duru pa Mai Sila. E no tabatin mashá pasenshi kuné pero el a papia mas amabel posibel: "Bo tin ku ban ku mi Sila", mi a manda buska *Mefrou* Jo for di

Hulanda anto e mester di kuido. Mi ta ten'é na Punda, ku ta mas fásil
pa dòkternan mir'é. Na Punda tambe mi tin vários katibu awor ku
mester di un muhé di medisina. Tin sufisiente trabou pa bo na Punda.
Mi ta laga bo bishitá bo yu i nietu aki na Kunuku ratu ratu."

Despues di tur e notisianan aki tur tres muhé tabata sintá den
kushina ku un kòpi kòfi pa nan papia e situashon ku a paresé. A reina
un tristesa di bai pèrdè Mai Sila. Tòg e notisia di Mimina i e karta di
Shon Pe a hasi impreshon riba e hende muhénan. Kiko por tabatin
den e karta? Ta libertat Shon Pe a pidi pa nan? Nan no a riska soña e
kos ei pero nan tabatin masha gana di sa kiko tabatin skibí den e karta
di Shon Pe.

Apesar di tur kos, Mimina no por a lubidá su bistí pa e bai
fiesta. El a warda ora Miriam tabata den kamber i el a klòp. Ora el a
drenta el a bisa Miriam, "Mi tin bon notisia. Ruben, yu di Adam ke
bai sali bai un fiesta ku mi awe nochi. Ta un kasamentu nos ta bai. E
ke tene man. E gusta mi."

Miriam a keda wak Mimina un tiki straño. "Ken ta Ruben?"
El a puntra.

Ora Mimina splik'é, el a hisa su nanishi. "Pero ta katibu di
kurá e ta, Mimina. Di kon bo ke sali ku un katibu di kurá?"

Mimina a keda wak Miriam. E kosnan aki e no tabata
komprondé tin bia di su amiga/doño Miriam. Miriam por ta asina
inkonsiderá. Mimina tabatin gana di puntr'é ku ken e ke pa e sali ya
komo e mes tambe tabata katibu. Pero Mai Sila su enseñansa di
semper a prohibí Mimina di puntra Miriam esaki. El a keda ketu i a
hisa su skouder numa.

"E gai ta kiut si," Miriam a bisa. "Lástimamente ku e ta katibu
i pretu."

"Mi por a purba wak si bo bistí blou nobo di fiesta ta pas mi
pa mi fi'é? Mi ke keda nèchi awe na fiesta...."

Promé ku Mimina kaba di papia el a ripará ku tabatin un kos
ku no a bai bon. Miriam su kara a bira kòrá kòrá i e tabata zuai riba
su pia. Ora el ahabri su boka el a kuminsá zundra. "Bo kabes ta bon
Mimina? Ta katibu bo ta! Kon bo ta kere ku bo por bisti mi bistí pa
bo tene man ku un neger pretu sushi di den kunuku?"

Miriam a hisa un man i dal Mimina un wanta. E sla a kai duru i inesperá. Nunka ainda Miriam no a dal Mimina.

Mimina a tolondrá i wanta na e kama pa e no dal abou. Awa a bula sali for di su wowo. Sin e por yuda el a dal un gritu duru.

"Katibu, sera bo boka!" Miriam a komand'é. "Bo ta insolente i faltando mi rèspèt." El a pasa man, kue un faha riba su kashi i kuminsá suta Mimina kuné. E faha a kai riba Mimina su kara, riba su lomba, su brasanan i tur kaminda. Tanten e tabata suta Mimina el a keda zundra, "Neger pretu ke sali ku mi shimis, anto mi mes ta den kas sintá sin un hende pa mi tene su man. Wak kon Mijnheer Waterman a bai pasa man ku e mucha mahos di West ei. Ami ta sintá akinan ku mi bistí." Miriam a keda zundra i bati Mimina. Esaki tabata grita sin miserikòrdia. Mas e grita, mas Miriam su furia tabata lanta.

Porta di kamber a bula habri i Chris a kore drenta, "Miriam, kiko bo ta hasi? Stòp awor aki mes!" Chris a tene Miriam su man pero Miriam a keda bringa kuné pa e por sigui suta Mimina.

"E katibu aki ta insolente i el a falta mi rèspèt. Neger mahos. Laga mi lòs pa mi sut'é." Miriam su kara tabata kòrá i hinchá di rabia. Su bos tabata será. Ta manera un dam di rabia a lòs sali for di dje.

Chris a spanta ora el a mira su ruman den un kondishon asin'ei. "Ta loko bo ta? Mimina ta bo mihó amiga. E ta bo katibu ku semper a kuida bo bon. Ta su mama a trese bo na bida. Kiko bo ta hasiendo Miriam?" Chris a tene Miriam duru. "Ta basta Miriam, bo no ta suta Mimina mas! Mi no tin kunes kiko el a hasi bo. Den e kas aki nos no ta trata katibu asin'ei, anto sigur no Mimina." Chris su stèm a zona ku outoridat.

Miriam a kuminsá dal Chris ku moketa. "Bo ta kere ku mi no sa ku bo gust'é? Mi a mira bo wowonan ta wak e. Pero bo no por hañ'é. E ta katibu. Bo no por kasa ku un katibu. Mi sa ku bo gust'é. Un neger bo gusta, ta un neger e ta..." Miriam a tira tur sorto di insulto pa su ruman.

Chris a dominá su mes i no a respondé. El a keda tene Miriam duru. Poko poko Chris a logra kalm'é i ora Chichi, ku tambe a tende e konsternashon, kore drenta el a hasi seña ku Chichi pa bai ku Mimina. Mai Sila a traha un te kalmante pa Miriam i Chris a keda sinta kuné te ora el a drumi.

Asina bida a bolbe kambia pa e muhénan di medisina i nan

shonnan. E anochi ei Mimina no por a sali mas ku Ruben. Su kara ta-bata hinchá di e slanan di e fa. Mimina tabata yora manera ta su alma a sali afó. Pa promé bia den su bida, el a komprondé bon bon, kua posishon e tabatin den bida. E tabata un simpel katibu. Ken ku ta por batié, bendé, viol'é, mand'é bai aki banda òf aya banda, mand'é bai traha na Punda òf na Kunuku. E mes no tabatin nada di bisa. Un soledat tremendo a drenta den kurason di Mimina.

Chichi a traha kòmprès friu pa Mimina su hinchánan i hunt'é ku krema suave pa yud'é. Pa su kurason sí nan no tabatin nada. Mimina a keda dos dia den kama. Dia el a lanta pa sigui traha, Miriam a bira "Yefrou Miriam" di un dia pa otro. Kaminda tabata posibel Chichi tabata laga Rubi sirbi Miriam. Awor ku Mai Sila a bai, ta Chichi a keda den kushina i pa seka yerba. Rubi ku su ruman, Kela, tabata yuda ku limpiesa di kas i laba paña. Mimina tabata yuda su mama mas tantu posibel den kushina i ku bishita di katibu malu. Kasi e no tabata sirbi den kas mas.

E promé dia ku Mimina por a bin traha bèk el a topa Mener Chris riba pòrch sintá. Mener Chris a yam'é i pidié masha despensa pa Miriam su aktitut. El a duna Mimina un brasa di ruman pero Mimina a ripará bon kla ku Chris a tené un tiki muchu íntimo. Tanten e tabata papia el a keda wak Mimina. Su wowonan a karisiá Mimina.

Den Mimina su kurason a nase un plan di malisia. E sa kaba kon e ta bai kue revancha riba Miriam i tur hende blanku ku e konosé. El a kana pensa su plan henter dia. Su mama a ripará algu straño n'e pero Mimina no a duna boka. Den su so el a kana hari: "Wak kiko mi por hasi", el a pensa vengativo. "Katibu sushi bo di mi ta, warda pa bo wak." E anochi ei ora tur kos tabata ketu den kas, Mimina a kana bai den kamber di Mener Chris. Mener Chris tabata den kama kaba i ku un lampi e tabata lesa un buki.

"Mi a bin pa sirbibu," Mimina a bisé. Mener Chris su wowonan a bula afó, su boka a kai habri pero e no ta bisa "no". El a tuma e inosensia ku Mimina a ofresé n'e. Despues di e akto Mimina a bisti i bai bèk den su kamber. El a gusta su revancha. Revancha ta dushi. "Mi por ta neger, katibu, pero bo ruman gusta mi tòg." El a keda kanta den su kurason.

Kapítulo 19

Mimina, e Muhé Katibu.

Mimina su mama a kuminsá traha te di yerba pretu pa e bebe pa e no sali na estado. Pero Mimina tabata skonde basha e te afó tur dia. E ke sali na estado. E ke mustra e doñonan ei ku nan yu mes lo ta un katibu tambe.

Mas tantu posibel e tabata bai kama di Mener Chris pa e por haña un yu hòmber mas pronto posibel. Un yu hòmber ku lo bira su revancha total. "Mener Chris lo mester duna su yu hòmber libertat i mi mes tambe." Mimina a pensa. Ku e libertat ei so e por a soña. Tur sorto di plan el a traha pa e i su futuro yu hòmber. Kon nan lo biba komo hende liber.

Na 1837 Mimina su deseo a bira realidat. Su promé yu hòmber a nase. Mai Sila a bin for di Punda pa yud'é i Chichi tambe tabata na su banda. Mimina a disidí di yama e yu Robertus Johannes. "Mi ta duna mi yu nòmber di hende blanku liber pasó dia e ta liber e mester di un bon nòmber pa e pasa den bida kuné."

Mener Chris tabata un tiki tolondrá ku e tabatin yu ku un katibu. Su tata a manda yam'é ku urgensia pa e bin Punda pa un temporada.

Miriam tabata rabiá ku Mimina a "hòrta su ruman for di dje" i pa kada un kos e tabata buska fout i reklamá Mimina. El a kuminsá usa su richi pa suip Mimina kuné pa tur okashon. No tabatin nada mas di e amistat di dia nan tabata chikitu. Mimina tabata asta duda ku Miriam tabata kòrda ku nan tabata manera ruman.

***

Niun hende mas no a bin pidi pa tene man ku Miriam i el a keda bira mas flaku, largu, wesu i sin grasia. El a laga kose bistínan ku tabata revelá mas i mas i tabata sali bai delaster un aktividat ku un dama por bai, sin por haña un kasá. Yefrou a keda biba serka nan komo shaperona pa Miriam por sali, pero ni maske kon elaborá su bistínan tabata, ni maske kuantu sèn su tata tabatin e no por a haña un kasá. Yefrou tabata bai Punda ku n'e anto nan tabata keda algun luna pa nan por bai tur fiesta ku tin.

Mener Chris tambe a keda kasi seis luna na Punda.

Bida na Kunuku tabata ketu pa e muhénan di medisina. Nan a traha hopi zeta i habon pa bende. Tambe nan tabata kuida Robbi, e beibi di Mimina. Ratu ratu nan tabata haña notisia di nan shonnan pero Kunuku tabata keda ketu. Katibunan di Kunuku si mester a traha mes un duru. Tempu di kosecha tabata yegando i niun hende no por a kai atras. For di mardugá te anochi nan tabata den solo kayente ta traha. Diferente di nan a bira malu i Mimina tabata bai yuda nan. Tambe nan tabata kushiná wea grandi di sòpi di berdura pa duna hende. E katibunan di Kunuku nunka no tabata haña sufisiente kuminda pa kome i asin'aki Mimina por a yuda nan sin falta ku Shon su regla.

***

E notisia di e beibi ku un katibu a duel Shon Moron. Su yu no por ta biba asin'ei. E mester ta kasá. Drecha su bida. Danki Dios e notisia di e beibi no a yega te Punda. Shon Moron no a sosegá te ora el a logra kasa su yu hòmber. No tabata fásil pa Shon Moron haña un kasá pa Mener Chris, ya ku Mener Chris mes no tabata mashá interesá. Pa kolmo Mener Chris su aparensia no tabata dje atraktivo tampoko. E mucha muhénan tur tabata buska mucha hòmber elegante, ku bunita aparensia, ku tabata kana den Punda ku nan sombré haltu i ku nan parasòl na man.

Mener Chris no ke bai niun baile i ora su tata invitá e damsnan pa te òf komementu Mener Chris tabata presentá su mes masha desinteresá.

Despues di hopi molèster Shon Moron a logra regla algu ku tata di Elysabeth Van Buren pa Chris por kasa i bai kas bèk, respetablemente kasá.

Ta p'esei dia Mener Chris a regresá Kunuku el a yega kasá ku

Mefrou Elysabeth.

  Mefrou Elysabeth tabata un hende amabel pero ketu i tímido. E tabata un *Mefrou* delegá, kabei pretu largu. Su wowonan pretu tabata keda grandi den su kara. E no tabata wak hende den wowo ora e tabata papia i su stèm tabata semper suave. Un hende mester hasi esfuerso pa skucha kiko e tabata bisa òf pidi. Pa tur kos e tabata bisa dos bia danki manera ta un fabor e katibunan a hasié, i no ta e tabata *Mefrou*. E no tabata eksigí hopi i nunka el a hisa stèm. E ku Miriam tabata papia na mesa pero nan no a bira amiga nunka. Tin bia tabata parse manera e *Mefrou* nobo tabatin miedu di hende. E gusta keda den su kamber i traha obra di man, hak i kose. E no tabatin mashá amiga ta bin bishit'é anto e no sa sali. Kasi bo no sa mes ku tabatin *Mefrou* den kas.

  E promé anochi ku nan tabata bèk, Mimina a baña, peña i laga su kabeinan habrí i bai den kamber serka su shon. Aunke kon Mener Chris a prepará pa bisa "no" el a kai den e trampa tòg i asina a kuminsá un patronchi ku tur momento Mimina tabata bai den kamber di Mener Chris. Na aña 1839 Jaques Sebastiaan a nase i na aña 1841 Ronaldus Willem. Mimina tabata satisfecho ku su tres yu hòmbernan. E tabata sperando libertat un ora pa otro.

  El a tuma e trabou di kuida *Mefrou* Elysabeth riba dje. Tur dia e tabata prepará te di yerba pretu pa *Mefrou* Elysabeth bebe pa evitá ku e por sali na estado. Den su plan maligno Mimina tabata ke pa e so por tabatin yu di Mener Chris. Mimina tabata satisfecho ku su plan a traha. E tabatin tur tres di Mener Chris su yunan, i nan tur tabata katibu. Asina e hendenan blanku ei por sinti kon duru tabata pa ta un katibu. Pa kolmo tur tres di e muchanan tabata bunita mucha. Bon formá i ku bon múskulo. Nan tabata saludabel i bon trahadó. Naturalmente Mener Chris a permití Mimina keda ku su yunan i nan a keda asta biba serka dje i no mester a bai biba ku Yai, e wela hende grandi ku ta kuida e otro yunan na Kunuku.

***

  Añanan a pasa i Elysabeth no a sali na estado. Mener Chris a pèrdè speransa ku un dia e lo tabatin yu di su matrimonio pa sigui ku e Kunuku.

  Mener Chris sa para wak su yunan ku e muhé katibu djaleu.

E no por rekonosé nan komo yu. E no por trata nan nada otro ku un katibu normal.

Mener Chris a disidí di bai ku *Mefrou* Elysabeth Hulanda pa nan bishitá famia. Tambe e tabata ke pa dòkternan na Hulanda por a wak e señora i wak ta kiko tabata pasando ku e no tabata haña yu.

Ku pena na su kurason Mimina a mira nan bai. E tabata sa ku awor e no por prepará e te di yerba pretu mas ku tabatin ku preveni *Mefrou* sali na estado.

Bida a sigui trankil na Kunuku tanten Mener Chris no tabat'ei. Katibunan di kunuku a planta i muha mata.

Mener Moron a bin bèk bin wak kon e trabounan tabata bai i Fitó a haña mas instrukshon. Mener kier a mira mas produkshon.

A dura 11 luna promé ku Chris i *Mefrou* regresá. Nan a bin ku e bon notisia ku *Mefrou* Elysabeth tabata na estado. Pero por lo pronto *Mefrou* lo no regresá Kunuku bèk. Dor ku e no tabata sinti su kurpa bon el a pidi Mener Chris pa e keda serka su mama na Punda te despues ku e yu nase. Asina a sosodé ku Mener Chris i *Mefrou* Elysabeth a bai keda na Punda.

Ratu ratu Mener Chris tabata bin Kunuku pa wak e trabounan pero despues di un òf dos dia e tabata bai Punda bèk pa wak su kasá ku a sigui malu. Hopi bia Miriam tabata bai Punda bèk ku n'e pa e por sali. Mener Chris tabata sali ku su ruman, kuida su kasá i yuda su tata ku negoshi sperando di pronto por tabatin un yu di so mes! Pero pa su tristesa, maske kiko dòkternan a hasi pa *Mefrou* Elysabeth, mama i yu tur dos a bai lag'é na momento di parto.

Asin'ei despues di kasi 10 aña di matrimonio i sin un yu ku Elysabeth, Mener a regresá Kunuku, un viudo man bashí.

E mes un anochi ei Mimina a sòru di konsolá su Mener. E biaha aki tabata pa e regla skol pa su yunan. "Mener Chris mi tabata ke pa e muchanan siña lesa i skibi mes kos ku ami a siña." El a bisa. "Ta hopi mas mihó pa abo mes tambe pa bo tin katibu ku por yudabo bon."

Mener Chris a lanta sinta. "Mi no a pens'é pero nos lo por hasié si, e ta bisa. Pero mi tin ku manda buska un tutor for di Punda e ora ei anto Papa lo no ke tende di e kos ei."

"No tin mester," Mimina a bisa, "Ata Yefrou tei ainda serka Miriam, e por duna e muchanan lès."

Mener Chris i Mimina sa bon bon ku esaki lo tabata kontra di boluntat di Miriam pero Chris a atendé e asuntu siguiente dia mes i e muchanan tabata haña lès, mainta trempan ora Miriam tabata drumí i atardi ora Miriam tabata sosegá. Asina e no a sinta falta di su kompañera.

Miriam ketu bai a keda bira muhé soltera bieu. Tur hende hòmber ku bin hasi bishita a bai sin bin bèk. Promé ku *Mefrou* Elysabeth a muri, Mener Chris a hasi su bèst pa su ruman muhé. Organisá hopi evento sosial i sali hopi ku su ruman pero tur sin ku e por logra e esposo ei. E bistínan di Miriam a bira tur dia mas i mas elaborá. I mas revelá. Pero lástimamente no tabatin nada di revelá. Miriam a keda flaku largu sin masha kos di gaba. Pero el a keda bisti mas bunita posibel i bai e bailenan pa e por konkistá un matrimonio. Despues di morto i temporada di luto e dos rumannan a keda biba ketu na Kunuku. Nan no a sali mas.

Inesperá Mener Moron a trese un bishitante kas pa sera konosí ku Miriam. Asina na edat di 31 aña ora tur hende a pèrdè speransa, Miriam a topa Mener Frederic. E tabata un viudo mayor di edat ku tabata un profesor na Universidat di Amsterdam na Hulanda. El a proponé Yefrou Miriam i esaki a aseptá.

Pa tur hende a sigui un periodo importante. Mester a limpia kas, fèrf paden i pafó, planta mata dilanti, kose un maleta di paña pa bisti den friu di Hulanda i hopi mas.

Un par di dia despues di kasamentu e pareha a subi barku rumbo pa Hulanda. Miriam kier a bai ku un katibu pa sirbié. El a pensa riba Mimina pero Mener Frederic a pone pia abou ku e no ke un katibu den su kas. Na Hulanda e tabatin hende pa limpia kas ku e tabata paga. E no tabata komprondé e nesesidat di hende pa tin otro hende komo propiedat. El a papia serio i Miriam mester a baha kabes pa su kasá nobo i bai biba na un otro pais sin su katibu pa sirbié.

Manera Miriam a bai for di kas Mimina tabata drumi anochi den kamber di su shon. I e no tabata lanta mas bai den su kuarto. El a stòp tur preteksto. Tur hende por sa ku e ta e muhé di kas awor. Ku e influensha ku el a gana e tabata pone preshon riba Chris pa su yunan haña un kuarto den kas. Ariba den sòlder nan a drecha un espasio grandi ku kama i mesa pa siña lès pa tur tres mucha por biba.

Mimina a wak su logronan. El a yega hopi leu. Su plannan a

kana bon. Pero ainda e no tabata satisfecho. E lo ta satisfecho te dia
e mira un papel skibí ku su yunan su nòmber i fam di nan tata ku e
palabranan "LIBER".

Kapítulo 20

Mener Chris

Mener Chris a stima Mimina di bèrdat. E tabatin problema ku e distansha entre hende i rasa. E lo tabata ke ta kasá ku Mimina i tin su tres yunan den su kas i na su mesa. E stima nan. Pero pa motibu di rasa e tabatin ku trata nan manera hende straño. Nan tabatin ku yam'é Mener i e tabatin ku mira nan traha duru manera katibu. Kaminda e lo ke pa nan siña tur kos ku e sa. E tabata soña di por manda su yunan Hulanda pa nan bai skol. Pero no tabatin niun manera ku e por hasi e kos ei.

Anochi e tabata entregá su mes tur ku tin na Mimina i no tabata tene nada atras. E tabata pretendé ku Mimina tabata su señora i no su konkubina, manera e situashon tabata. Ora Mimina lanta kuat'or bai den kushina e tambe tabata spièrta i e tabatin ku enfrentá un dia mas di soledat te ora bira skur atrobe.

Mener Chris a stòp di bai Misa Protestant basta tempu pasá. E tabata sinti su mes masha hipókrita bayendo misa i bibando ku dos muhé. Anto despues ku Elysabeth a muri, e tabata sa ku e tabata den piká serio. Su konsenshi tabata molesti'é. Tin bia e tabata pensa ku tabata su falta ku su señora a muri. Pa motibu di su infidelidat. El a pensa ku ta Dios a straf e. Aunke semper el a trata na tene su relashon ku Mimina skondí pa su kasá, e no por stòp di pensa riba e kosnan malu ku el a hasi i e situashon aki a hasié un hòmber frustrá.

Pa kolmo awe e Dòmi nobo di misa na Punda, tabata bai bin kas pa sera konosí kuné. E tabata sintié mas malu atrobe. Kasi sigur e Dòmi lo bai puntra kos difísil.

Ora e Dòmi a yega, Chris a risibié riba balkon patras di kas den fresku. Mimina mes a sirbi nan i e kombersashon a bai trankil. Chris a hala atras, aliviá. E Dòmi no a puntra yen kos i no a preshon'é. Kombersashon a kana nèchi. Nèt ora Chris a hala un rosea kómodo den su stul e Dòmi a puntr'é si e ta bin e sirbishi di e wikènt ei.

Chris a bira un tiki kòrá i a kuminsá totobiá pa e kontestá e Dòmi. E tabata sa ku e momento aki lo a yega i el a prepará algun frase fásil pa e kontestá. Pero awor aki mirando e Dòmi franko den su kara el a sinti un apresio pa e hòmber i e no ke gañ'é. Sin e sa ki ora òf kon, e palabranan a sali for di su boka: "Mi no ta bon ku Dios. Dios no por ke mi mas, mi a hasi hopi piká. Mi alma ta pretu. Si mi bin misa ta kos di hipókrita mi ta hasi." Su wowonan tabata lombra di awa ku no a basha ainda.

E Dòmi a sakudí su kabes ku kompashon, anto el a puntra, "Ta e katibu bunita ei tin bo bruá?"

Chris su kara a bula bai laira, "Kon bo por sa? E hendenan ta papia?"

"No mi yu, mi a mira bo ta wak e awor ei. E ta nèchi hende di bèrdat."

Chris a baha su kabes i ku tristesa el a bisa: "Mara mi por a kasa kuné, drecha famia. Mara mi por a drecha mi pikánan." Anto ku un stèm fini fini el a konfesá ku e tabatin tres yu hòmber ku Mimina. Awor ku el a kuminsá papia el a konta e Dòmi tur kos ku tin'é prekupá. Kon su yunan tabata kresiendo bunita i kon bon formá nan tabata. "Nan no ta wesu largu flaku manera mi, Dòmi, pero nan ta muskular, ku bon tipo. Nan koló ta bunita manera oro den solo. Pero nunka ainda mi no por a brasa nan. Mi no tin otro yu, ta nan so mi tin. Dikon mi yunan mester ta katibu? Dikon e muhé di mi soño mester ta pretu? Bo sa kuantu gana mi tin di eduká mi yunan? Di manda nan Hulanda pa nan bai e skolnan ku ami a bai?" Mener Chris tabata sintá man na kabes. Awor si, awa tabata basha for di su wowo. Su lomba tabata doblá manera un hende den doló. Ora su nanishi kuminsá kore el a saka un lensu blanku for di su saku i a limpia su kara. Pero mas e seka mas e tabata yora, lubidando tur dekoro el a saka e frustrashon i tristesa ku e tabatin paden.

Dòmi a pone man riba su kabes.

"Mi yu e promé stap di drecha ku Dios ta, realisá ku bo a faya ku Dios. Bo a hasi hopi piká bèrdat. Pero awe bo por pidi Dios yuda bo pa bo kuminsá di nobo. Bo sa ku Dios por pordoná tur kos. Pero bo mester stòp ku e piká si. Anto tin hopi kos ku bo por hasi pa drecha e situashon aki. Mi por yuda bo ku algun pensamentu pa drecha kos pa bo yunan, pero no awe. Awe mi ke bo pone atenshon na bo mes ku Dios. Kiko Dios ta nifiká pa bo? Bo ke ta serka Dios apesar di tur kos? Bo ta kere ku Kristu a muri pa bo pikánan? Anto si t'asin'ei, bo ke pidi pordon i kuminsá di nobo? Mi ke resa ku bo pero abo mester ta dispuesto pa kambia si."

Henter mèrdia nan a sinta papia i Chris a yora, stòp di yora i bolbe yora.

Promé ku Dòmi bai Chris a tuma e desishon di pidi Dios pordon. Dòmi, kontentu a resa pa Chris. Huntu nan a baha kabes i humiliá nan mes dilanti di Dios. Pidiendo Dios pordon i un komienso nobo pa Chris.

Chris a sinti un alivio den su alma. "Dios kon mi por a biba leu for di bo tur e tempu ei?"

Despues ku Dòmi a bai Chris a drenta den su kamber i el a yama Rubi. "Rubi, mi tin grip i mi no ke niun hende bin den mi kamber awe. Laga mi drumi te mañan." El a bisa Rubi. Rubi a kore hiba e respondi pa Mimina i esaki a haña e kos masha straño. Lo ta promé bia den hopi aña ku Mener Chris a ning'é. El a bai drumi serka su yunan e anochi ei ku speransa di wak Mener Chris mainta.

Pero trabounan di kas i algun hende malu den kunuku a tuma tur su tempu i ta te anochi e por a bai den e kuarto di Mener Chris atrobe. El a yega haña e kuarto bashí. El a subi drumi warda Mener Chris bin pero ora el a lanta kuat'or pa e kuminsá traha manera tabata su kustumber el a mira ku e kama a keda bashí banda di dje. Awor si el a spanta un tiki. Kiko lo ta pasando? Ta kasa Mener Chris tin intenshon di kasa atrobe? Ta p'esei Dòmi tabata aki? Mimina a kana prekupá henter mainta. Mèrdia el a wak Mener Chris den komedor pero e no por papia nada pasó el a riparà ku Rubi tabata paga mashá atenshon.

Mas atardi ora el a bin bèk for di kunuku kaminda el a kaba di yuda un mucha muhé yòn haña su promé yu, el a tende ku Mener Chris a bai Punda i lo no bin bèk awe.

Mener Chris a keda na Punda tres siman i no a manda niun respondi. Di Fitó e hende muhénan a tende ku Mener Chris a kuminsá bai misa serka e Dòmi nobo i ta p'esei e tabata den Punda.

Mimina tabatin sigur ku ta un matrimonio Mener Chris tabata preparando. Hopi rabia a drenta den dje. Kuantu el a soña ku e lo haña su yunan liber. Kiko awor? Sin Mener Chris su protekshon pronto su yunan lo mester biba den hùt meskos ku kualke katibu i hasi e trabounan meskos ku kualke katibu. Mimina a keda pensa i traha plan pa e por skapa su yunan. Su bida tabata drai rondó di su yunan so. Nada mas no tabata importante pa Mimina.

Chichi a mira tur e kosnan aki ku mashá tristesa. "Mi yu, kuantu kos Mai Yeye no a siña nos? Ata nos ta usa tur su resèptnan di traha remedi? Ata nos ta kushiná den su weanan? Kushiná su kumindanan manera e so por? Dikon bo no por konfia Dios manera Mai Yeye a siña nos?"

Mimina tabata sofoká bou di su mama su kòmbersashonnan tokante Dios. "Mama bo mes ta kere ku mi por bai misa serka Ruben? For di dia e ta hasi e trabou di su tata mi no a bai niun orashon mas. Kiko lo pone mi kuminsá awor?"

"Pero mi yu, abo a hasi bo bida i Ruben tambe a hasi su bida kaba. E ta felis kasá ku Pili. Nan tin sinku yu, tres muhé i dos hòmber. Shon a pèrmití tur tres su yu muhénan a keda biba serka dje. E ku Pili ta bon. E no ta kòrda mes mas riba e amor ku e tabata sinti pa bo dia boso tabata yòn. E ta un hòmber serio ku Dios. Nunka ainda nos no tabatin un pastor manera e. E ta lesa na spañó awor. E mes a siña su mes!" Chichi tabata orguyoso di e mucha hòmber ku nan a mira krese bira un hòmber dediká na Dios.

Pero Mimina no ke tende. E sa masha bon ku no ta Ruben tabata strob'é di bai misa. E mes no ke tabatin nada di haber ku Dios. Kon por ta ku Dios tabata mira anto tòg e tabata laga nan keda katibu? E rabia ku a lanta den Mimina, na edat di 15 aña pasobra e tabata un katibu, a krese i a bira un mònster asina grandi ku a parse imposibel pa mat'é. Mimina no tabatin niun intenshon di mat'é tampoko. E rabia ei a yud'é plania su bida i sòru pa su yunan ta den un posishon ku nan por bai dilanti den mundu.

Mimina mes a kuminsá duna su yunan lès parti di mèrdia ora ku Yefrou kaba instruí nan. E tabata kana den mondi i siña nan tur kos ku e sa di remedi. E tabata para banda di nan i pone nan traha habon, zeta di koko i salfi. El a pone nan kushiná un stropi ku yerba pa duna hende ku tabata tosa. E tabatin mashá gana di laga nan bai kuné ora di parto pero e tabata sa ku esei si lo no tabata aseptabel.

Despues di tres siman na Punda, Mener Chris a regresá Kunuku. El a papia serio ku Mimina. E no tabata ke un relashon di piká mas. Mener Chris a wak abou i no a wak Mimina den su kara ora e tabata papia. E tabata sintá na su mesa ku algun papel su dilanti. Su mannan a keda hunga ku un pluma riba su mesa. Su stèm tabata zona será i tabata tembla un tiki. "Mimina, mi a hinka mi mes den hopi problema. Awor mi ke kuminsá solushoná tur. Pa mi hasi esaki mi mester stòp ku e bida di piká."

Mimina no a komprondé i a tende solamente ku Mener Chris a yama nan "un problema". El a baha su kabes i keda pará den posishon di katibu dilanti di Mener Chris. E no a bisa nada. E no por a bisa nada. Si el a bisa algu ta rabia lo a sali for di dje i talbes e lo a asta agredí Mener Chris.

"Bisa algu no, Mimina," Mener Chris a suplik'é.

"Ta bon Mener, manera Mener ke." Mimina a bèk i sali poko poko for di sala. Den kushina el a para yora. No di tristesa pero di rabia. Hopi rabia a lanta den dje.

Chichi tambe a yora. El a kana resa i sklama na Dios pa su yu. "Señor tene miserikòrdia ku Mimina. Ta mi a lanta e mucha muchu den kas. Ta mi falta, mi no mester a lag'é bai skol i siña tur e kosnan di hende blanku. Pero mi a pèrmiti'é i awor mi tin un yu esklabo ku ta kere ku e ta shon. No por. Yud'é komprondé." Pero ni maske kon Chichi sklama, tabata manera Dios no ta kontest'é.

Mimina a keda rabiá i a kontemplá tur sorto di akto skur i maligno kontra di su shon. Niun e no por a ehekutá. Su situashon a keda pinta pretu sin salida p'e i su yunan. Ku e kambio di Mener Chris aki kon Mimina ta bai hasi gana preferensha pa su yunan?

Kapítulo 21

Kambionan

Henter Kunuku a keda sorprendí ku Mener Chris su kambionan. Nan a ripará e kambionan mésora. E atardi despues ku el a papia ku Mimina, Mener Chris a para riba balkon i bati bèl. Tur katibu a pone trabou abou i a kana yega pa skucha. Ta kiko por ta pasando? Ta Pasku grandi i Pasku di resurekshon so Shonnan sa bati bèl pa tur hende bin huntu. Ta mal notisia? Algun hende a kai sinta abou sperando. Otro tabata yora chiki chiki.

Pa nan sorpresa Mimina i Chichi a bin for di kushina ku saku yen di pan pa parti. Tur hende a haña pan fresku ku manteka aden. Muchanan a kore bai skonde pa kome di nan.

Ku alivio e hendenan a tende Mener Chris yama nan danki pa tur nan trabounan i nan yudansa den temporada ku su kasá tabata malu. "Tambe na nòmber di mi ruman muhé mi ke yama boso danki pa tur boso trabounan pa su kasamentu. Su kasá, Mener Frederic a manda 5 sèn pa tur tata di famia. Pasa serka Fitó ora nos kaba aki i tuma bo 5 sèn."

Kasi mener Chris no por a sigui papia. Tur hende tabata papia i hari den otro. Hòmbernan tabata bati man riba lomba di otro.

"Entrante di djaluna awor lo bin un tutor hòmber pa instruí tur e muchanan ku ta biba riba plantashi. Tur atardi muchanan por bin siña skibi i lesa. Tur mucha ta haña un ora liber di trabou pa nan bin lès."

Henter e plantashi tabata zona di alegria. Tur mucha por siña lesa. Muchanan a kuminsá kore rònt i balia. Nan a keda pasa wak si Chichi i Mimina tabatin mas pan tambe. Ora pan a kaba Chichi a bai den kushina i trese dos saku grandi mas. Ken por kere? Tabata reina un ambiente di fiesta!

***

Mes anochi ei e grupo di orashon a reuní bou di palu di
tamarein. Na a subi nan orashonnan pa gradisí i pa keda pidi Dios
pa kambionan positivo.

I indudablemente Dios a skucha e orashon ei. For di e siman
ei a bira kla ku Mener Chris no tabata laga tur trabou pa Fitó mas,
tanten e mes tabata den su kantor será ta lesa buki. El a kuminsá ta
eksigí su kabai for di mardugá kla pon'é pa e mes pasa inspektá
trabounan. Asin'ei el a hasi diferente kambio den kunuku ku a sali
na bienestar di e hendenan.

Dos siman despues el a bolbe yama tur hende huntu. Fitó a
haña e enkargo pa bisa tur hende ku por a traha algu, pa nan trese nan
artesania pa e wak. Manera esaki a bira konosí hòmbernan a kuminsá
trese kosnan trahá di bleki, palu, klei, sombré, alpargata i otro
material pa Mener wak.

El a duna esnan ku el a gusta pèrmit pa traha riba nan
artesania, ora trabou riba plantashi tabata slo. El a laga Fitó habri un
wenkel speshal pa e hendenan por traha nan kosnan. Ora nan tabata
kla el a duna Fitó òrdu pa bai ku dos katibu muhé marshe na Punda
pa bende nan. E ganashi e katibu por a kuminsá spar pa nan kumpra
nan libertat.

A reina un silensio profundo serka hopi katibu. Imposibel.
Nunka nan no a tende un kos asin'ei. Nan no tabata sa kiko pa kere.
Pero ora ku e promé hendenan a traha nan produkto i haña nan sèn
un alegria a reina riba Kunuku. No a importá e katibunan ku ta algun
sèn pretu nan a gana. E echo ku nan a gan'é tabata tur kos pa nan.

Mimina i Chichi a probechá mashá di e situashon aki. Nan a
traha masha hopi zeta di koko, habon, remedi pa fèrkout, krema pa
hunta i laga Fitó bai ku n'e. Ora e florinnan a kuminsá drenta Chichi
i Mimina a brasa otro i balia di alegria den kas. Awor Mimina a
kuminsá lanta su yunan un ora mas trempan mainta. Nan tabata
kustumbrá pa lanta sink'or di mainta pero awor Mimina tabata lanta
nan kuat'or, pareu kuné, pa nan kuminsá traha nan kosnan di bende
den mardugá.

Hopi kontentu nan tabata ku e posibilidat aki.

"Un dia nos lo ta liber." Tur hende tabata kana kontentu.

I nunka ainda trabou di tur dia no a kaba asina lihé pa nan por sigui ku nan obranan. Bou di skuridat nan tabata reuní pa kanta tambú. Esnan ku tabata resa a pone mas kulto di orashon pa pidi nan libertat.

Mimina mester a limpia su kuarto bieu pa e bai drumi eiden bèk i el a ferwagt ku un di e dianan ei e lo tende ku Mener lo bai kasa. Pero nada no a pasa. Un atardi el a traha un kòpi di kòfi hiba pa Mener Chris pa e haña chèns di papia kuné su so. Awor ku e no tabata bai den su kama mas e no por pidi nada ku e mester pa su yunan.

Despues di pone e kòp'i kòfi riba mesa el a keda para banda di Mener, kabes abou manera un katibu mester para.

"Mimina kiko a pasa?" Mener a puntr'é.

"Mi Shon, mi kier a pidi pèrmit pa mi yunan kuminsá bai Punda ku Fitó pa nan konosé Kòrsou un tiki. Si mi Shon por duna pèrmit pa esei?"

"Bon idea Mimina, nan mester konosé Kòrsou mas mihó. Dikon bo tambe no ta bai Punda e bia aki ku Fitó ta bai? Ya bo ta wak bo mama i e muchanan por keiru. Anto despues di esei nan por keda bai ku Fitó ora e ta bai. Mi ta bai bisa Fitó di Punda pa kuminsá siña nan e trabou ya nan por ta di uzo tambe. Kiko bo ta pensa?"

Mimina su boka a kai habrí. E no a pensa ku e lo por a risibí algu asin'ei di Mener sin dun'é nada bèk. Ta kon por ta? "Ma..Masha da..n..ki Mener." El a gaga ku stèm temblá.

Mener Chris a lanta para i a wak e den su kara. Nan wowo a keda di lòk den otro. Mener a dal un stap dilanti i kue Mimina tene. El a bras'é i primié duru. Su lepnan tabata banda di Mimina su orea. I Mimina por a hura ku el a tende Mener murmurá, "Mi dushi, mi stimabo". Naturalmente e mester a tende robes, niun shon no stima nan katibu. Nan tabata djis tuma loke nan mester. Pero Mimina sí tabata sabí, e tambe a tuma. Tur loke e mester el a tuma. Anto despues ku su yunan siña na Punda nan lo ta kla pa ta hende liber! Porfin!

Mener Chris a lag'é un tiki lòs pero despues el a primi su lepnan riba Mimina su lepnan. "Mimina mi dushi."

Awor sí Mimina no a duda, el a tende bon bon.

Ku un esfuerso sobrenatural Mener Chris a lòs su mes for di Mimina i a kana bai ku stap grandi for di su kantor. El a dal e porta sera duru, huí el a huí bai, promé ku e kai pa e tentashon. E no a ni kòrda kue su kòfi.

Un temporada di kresementu a sigui pa e yunan di Mimina. Robbi, e yu mayó tabata un gran yudansa pa Fitó di Punda. Bou di guia di Fitó e tabata bai Banda Bou i bishitá hopi otro plantashi, hasiendo negoshi. Jack i Ròni tambe tabata yuda bon i dor di e lèsnan na Punda i na kas serka nan maestro, nan a siña masha bon mes i papia diferente lenga. Ora nan regresá Kunuku nan tabata bin ku hopi notisia. Tin bia nan tabata keda papia ku algun katibu di grupo di orashon te mardugá. Nan tabata papia i resa. Adam i Ruben, tabata nan mihó amigunan. Adam semper tabata manera un tata pa nan.

Nan a konta tur hende, di e situashon malu ku katibunan tabata pasa aden na e otro plantashinan. Nan a konta di hamber, maltrato, malesa i brutalidat enorme. Pa kualke un kos chikí Shonnan tabata abuzá di katibunan. Mara nan na palu i suta nan te ora nan sanger kore yena na nan pia. Tin hende muhé ku tin ku traha yu so pa e shon bende. Anto hopi bia ta e shon mes ta tata. Asina un katibu protestá nan ta mand'é traha riba tereno di salu despues di sut'é blo sunú. Mayoria mucha ta masha masha flaku, barika grandi i nan ta kana blo sunú te ora nan tin kasi 6 aña. No tin nada pa nan bisti ni no tin kama pa nan drumi aden. Unda ku ta nan ta tira nan kurpa abou pa drumi. Robbi a konta di katibunan ku tabatin ku traha den mina di salu. E kombinashon di e solo i e salu no tabata bon pa e katibunan i hopi hende tabata sali na herida, infektá i asta muri. E kondishonnan di trabou tabata malu mes i algun Fitó tabata mashá mal hende. Tin plantashi ku nan no tabata pèrmití e katibunan resa òf risibí bishita di e pastor Katóliko ku sa bishita Kunukunan ratu ratu. Ku hopi tristesa e rumannan a tende e mal notisianan.

E grupo di orashon a disidí di traha algun saku ku berdura manera batata dushi, pinda i pampuna pa e mucha hòmbernan por duna hende ora nan mira situashonnan hopi malu. Tabatin katibu ku tabata manda algun plaka di nan sèn ku nan a gana. Atrobe nan a sera kabes pa hasi orashon e biaha aki sklamando Dios pa e katibunan bou di e sirkunstanshanan mas malu ei. Tur e katibunan tabata enkurashá Robbi pa konta e katibunan di e otro plantashinan e bon notisia di Hesus. Pa nan tambe por kere i kuminsá resa na Dios pa nan situashon por kambia.

Pero e notisia di mas sorprendente ku Robbi a konta tabata tokante di algun hende ku el a topa ku a bin for di Merka. Tabata trata di dos katibu ku tabata nabegá ku nan shon pa Merka kada ratu bai hiba katibu bin bèk. Riba e delaster biahe nan a tende di hende blanku ku tabata bringando na Merka pa kita sklabitut. "Tin asta un di e hendenan blanku ku a skibi un buki "Uncle Tom" ku ta trata e tópiko." Robbi a bisa.

Adam i tur hende ku tabata tende a keda babuká. Hende blanku ke bai guera pa kita sklabitut? Nunka nan a maginá nan ku por tabatin hende blanku ku ta pensa ku sklabitut ta malu. Nan idea di hende blanku tabata, ku ta nan ta Shon i nan ke keda Shon. Mes ora e grupo di orashon a disidí di kuminsá resa pa e hendenan blanku aki. Mester ta mashá bon hende. Nan tabata ansioso pa haña sa mas di e grupo aki i wak si tin nan na Kòrsou tambe. E historianan di Robbi, Jack i Ronald a laga e katibunan keda ku hopi speransa.

Anochi, ora e mucha hòmbernan tabata so ku nan mama, nan a konta Mimina kuantu sèn un hende por gana ku bendementu di kòkou. "Na Benesuela tin kompania di kòkou, Mai", nan a bisa Mimina. "Nos shon ta birando riku mes ku e negoshi aki." Nan a keda splika nan mama kon nan shon tabata hasi negoshi.

Den Mimina a krese un speransa pa su yunan. Si nan por bai Benesuela nan por a traha den kòkou i nan por ta liber. Nan lo no tabata katibu mas. El a kuminsá papia ku su mama i pa su sorpresa Chichi a komprondé p'e. Nan a wak un chèns i manda buska Mai Sila for di Punda i nan a sinta papia kuné. Fitó tambe a tende, aunke ku e tabata inkómodo ku e situashon. "Nunka ainda mi no a yuda katibu huí, si nan gara nos nan ta mata nos."

Tur kuater a kòrda kon algun aña pasá Shon Thomas di plantashi "Seru Haltu" a manda hende ku kachó pa buska dos katibu ku a huí bin riba nan tereno. Fitó Adam a ninga di habri porta di kurá pa laga nan drenta anto Shon Thomas a rabia i suip Fitó. Mener Chris mester a sali papia ku nan. E kachónan tabata feros i nan lo a habraká e pober katibunan sigur si nan lo a haña nan.

Mener Chris a keda wak e kachónan i a bisa: "Thomas, awa

ta bai kai anto mi ta mei mei di kosecha di maishi. Si mi laga bo pasa ku e kachónan ei tur mi katibunan lo tin miedu i trabou lo para. Mi mester kaba ku kosecha awe, promé ku awa kai òf mi ta pèrdè mi kosecha." El a sigui papia i primintí di laga su mes Fitó buska wak si tabatin katibu ku tabata skondí riba nan tereno. Si nan haña nan, Mener Chris mes lo trese nan pa Shon Thomas. Masha rabiá Shon Thomas a bai i te awe e relashon no tabata bon bon entre e dos plantashinan.

Mester bisa sí, ku Fitó a traha duru, sera un grupo di hòmber pa buska e katibunan ku a huí. Nan a bai ku saku grandi di kuminda, paña limpi, alpargata limpi i sombré fresku trahá. Nan a laga tur kos riba un pida baranka na un kaminda ku por a mira nan fásil. Tambe nan a pone algun bòter ku awa, zeta di koko i algun pan será. Nan a mara un kabritu ku tabatin lechi na un palu, i pone un tobo ku awa banda di dje.

Su siguiente dia nan a bai wak i nan a ripará ku tur e kosnan a bai. E kabritu a keda pero a bebe e lechi. E tobo tabata di bòltu poné riba e baranka.

Ku un kurason sinsero Fitó por a mèldu Mener Chris ku nan a topa señal ku tabatin hende den e mondi pero e katibunan mes no tabat'ei. Mener Chris a manda respondi i e kos a kaba ei.

"Mener Chris lo no manda kachó tras di nos." Mimina a bisa ku siguransa. "Bosnan mester yudami, wak kon grandi mi yunan a bira kaba sin ku nan ta liber. Mi no sa kuantu aña mas mi mester traha pa nan por ta liber. Mi ke pa nan ta liber awor!"

Asin'ei nan a konvensé Fitó i a traha plan.

Ta sigui un tempu di hopi planiamentu pa henter famia. Mester a buska paña pa e muchanan. Mimina ke pa nan haña paña ku lo pas pa un hòmber liber. Sombré i parasòl a wòrdu kumpra den sekreto. Mester a laga kose un saku duru pa hinka tur nan pertenensia aden pa nan por bai den barku kuné. Mimina a traha habon, zeta dushi i remedi pa por bai den e saku. Fitó a buska informashon di sèn di Benesuela i a kumpra algun moneda pa e muchanan por tin. Tambe el a buska un hende di konfiansa pa buska un barku pa nabegá hiba nan Benesuela.

Mai Sila tabata resa hopi. El a seka karni salu i tambe algun pan seku i buskuchi pa e traha saku di kuminda pa e muchanan. Algun skalchi trahá di kalbas mester sirbi pa nan bebe i pa nan kome nan kaminda. Mimina a kose un kama di tela di sak'i maishi pa nan habri abou i drumi ora nan yega Benesuela.

E hóbennan mes a papia ku mas tantu hende posibel tokante di Benesuela i kòkou pa nan tabata bon prepará. Ya nan tabata papia basta Spañó kaba. Robbi a buska pluma, papel i enk pa e bai kuné pa ora nan mester skibi.

Preparashonnan a tuma hopi tempu i mester a hasi esaki den sekreto. Mimina a bai Punda dos bia den un luna.

*K*apítulo 22

Rumbo pa Benesuela

Seis siman despues ku nan a tene e reunion di famia, e muchanan tabata kla pa sali riba un barku. Ku yudansa di un kapitan ku Fitó a paga bon, nan por a nabegá pa Benesuela.

Despedida tabata tristu. Nan a yora pa tuma despedida di nan hendenan. Tòg nan tabatin hopi gana di bai. "Porfin nos ta bai ta liber!" Nan a brasa nan mama i welanan. "Mama, no yora, manera nos ta bon pará, nos ta manda buska bosnan. Nos lo no ta katibu mas di niun hende. Nos lo traha duru i gana sèn, no yora mama." Pero nan mes tambe tabata yora.

Mener Chris no a ripará mes, ora ku nan a bai. Niun hende no a sinti nan falta pensando ku nan lo tabata na Punda ku nan tutor òf na Banda Abou ku Fitó. Despues di un siman ketu e tutor a bin bèk for di Punda pa buska e muchanan. El a bai puntra Mener Chris pa e muchanan.

"Kon bo ke men bo no sa na unda e muchanan ta?" Mener Chris a kasi grita den su hansha. "Dios laga nada no a pasa e muchanan, Mimina lo muri."

"Ami no sa Mener, Fitó a bisa mi pa bai Banda Bou pa hasi'é un fabor. Ora mi a bin bèk e di ku mi ku e no sa na unda e muchanan ta. El a kere ku nan a bai ku mi. Ta p'esei mi a bin aki mes ora bin wak Mener òf nan mama." E tutor tabatin dos wowo grandi di span. E tabata sodando kuater kuater i su palabranan a sali tur hanshá. *Na unda e muchanan por ta? Kon e por a pèrdè tres katibu hòmber balioso pa su Shon? Kiko lo pasa ku n'e awor?*

Mener Chris no a pèrdè pa gana i e a manda Rubi bai wak na unda e muchanan ta.

"Nan no ta aki, Mener. Nan a bai Punda ku nan tutor." E ora ei numa Rubi a ripará ku e tutor tabata pará einan banda di dje. El a hisa kara wak e tutor i a keda wak ku wowo spantá.

"Yama Mimina pa mi, mes ora!" Mener Chris no tabatin pasenshi.

Ta tarda un eternidat promé ku Mimina kana drenta.

"Mener a manda yamami?" el a puntra inosente.

"Bo sa na unda bo yunan ta?" Mener a puntra tur hanshá.

"Nan no tei, nan a bai Benesuela. Mi a haña respondi ku nan a biaha siman pasá." Mimina a bisa trankil.

A reina un silensio. Tur hende den e kantor mester a laga e palabranan aki baha den nan.

Mener Chris a reakshoná promé, el a dal su mannan dilanti di su kara i bisa, "Bai den bo kuarto Mener tutor, mi ta yama bo aweró pa nos papia."

Manera e tutor a bai el a kue Mimina tene i sakudié. "Muhé kon bo por hasi un kos asin'ei ku mi. Kon bo por kita mi yunan for di mi, sin bisa mi?"

Awor tabata Mimina su turno pa pèrdè palabra i su boka a kai habri. "Bo yunan? Mi no tabata sa ku bo ta mira mi yunan komo bo yunan. Mi a kere ta bo katibu na ta."

Mener a kue Mimina brasa: Ku su mannan el a lòs Mimina su flèktunan. El a hinka su kara den Mimina su kabei i bisa, "Muhé bo no sa kuantu mi stima bosnan? Bon sa ku mi lo a hasi kiko ku bo pidi mi pa bo yunan? Dikon bo a laga nan huí? Unda nan a bai? Ken ta yuda nan na Benesuela? Bo sa kon peligroso Benesuela ta? Hopi katibu ku a huí ta pasando mal bida einan. Ai Mimina, ai Mimina kiko bo a hasi?"

Ku rabia Mimina a kontestá, "Mi no ke mi yunan ta katibu mas. Ta basta. Mi bisa-wela a resa pa nos libertat, mi wela tin kasi 60 aña ta resa, mi mama a resa pero ami si ta sòru pa e sosodé. Mi yunan mester ta liber. Mihó liber den problema ku katibu di shon. Anto yu di un hende ku nunka no a brasa nan i pasa tempu ku nan."

Mener Chris a baha su kabes, pero el a keda brasa Mimina. "Mi stima bo, mi stima nos yunan. Mi tambe ta resando pa un libertat pa boso. Mi tampoko no ke pa mi yunan ta katibu."

"Dikon bo no a duna nan libertat anto? Dikon bo no a firma un papel pa nan?" Mimina a puntra skèrpi.

Mener Chris a sakudí Mimina duru anto el a bisa, "duna nan

libertat? Anto unda nan mester biba? Kiko nan ta kome? Unda nan ta bai? Ami a disidí di tene nan bou di mi dak te ora tur ta grandi i bon studiá. E ora ei lo mi a duna boso libertat. Pa nan mes por kuida bo. Maske mi no por kasa ku bo tòg mi ke pa bo ta bon."

Mimina no por kere su orea. E lo a haña su libertat serka Mener Chris si e lo a warda? El a gasta tur su sèn manda su yunan un pais peligroso nan so, kaminda akinan nan por a haña edukashon serka Mener Chris? Mimina tambe a kuminsá yora i el a brasa Mener Chris bèk. Pa promé bia den tur e añanan ku nan tabata huntu e mes a brasa Mener Chris. I pa promé bia el a sinti un kompashon pa e hòmber ku el a usa henter su bida.

Mener a laga Mimina lòs lihé i kana bai den su kamber pasó e tabatin miedu si e sigui brasa Mimina ku e lo lubidá e promesa ku el a hasi na Dios.

Mimina a keda su so den e kantor di Mener Chris. Poko poko e realidat di e situashon a drent'é. El a sak na su rudianan i kuminsá yora amargamente. El a mira su bida pasa dilanti di su wowo. E lo terminá un muhé amargá i sin niun hende. E no tabatin yu mas. Tur tres tabata na un pais leu i e no por kontaktá nan. E no tabatin kasá. E no tabatin iglesia. E no tabatin konsuelo di Dios. El a mira kon e lo bira bieu sirbiendo Mener Chris i su kas i kaba na nada. Un bida bashí. Un bida sin motibu pa bib'é. Na su rudia el a sklama i yongotá. E tabata ke sklama na Dios pero e no tabata por. Orashon ta un kos ku el a ninga di hasi pa hopi aña kaba. E no tabata ke dependé riba un Dios ku ta pèrmití sklabitut. Pero den e momentu di soledat i amargura aki el a pèrs un frase simpel for di su boka ku a sali stret for di kurason: *"Dios yudami."*

***

Siguiente dia Mener Chris a bai Punda i e no a bin bèk. El a keda Punda algun siman i dia el a bin bèk el a bin ku dos sorpresa. Na promé lugá el a trese Yefrou Miriam kas. Esaki tabatin un yu di 5 aña huntu kuné. Tabata un mucha delegá flaku ku kabei blanku fini i règt règt. Tabata manera Mimina a mira Miriam na chikí atrobe. Mes ora el a namorá di e mucha i el a kuminsá kuid'é.

Yefrou Miriam tabata hari i konta kos. Su kasá a baha ku penshun i nan a bin bèk pa biba na Punda. El a bin kas un par di dia ku Mener Chris pa e kumindá tur hende.

Mimina mes a sirbi na mesa pa e okashon speshal aki anto e tabatin ku rekonosé ku e tabata niuskir pa sa kon a bai ku Miriam. Na e momento ei el a realisá kuantu el a sinti Miriam su falta. El a keda straño ku e rabia ku e tabatin pa Miriam no tabata tei mas. Tabata manera el a keda bashí. Ku wowo abou i kabes bahá el a para na e porta warda e famia kaba di kome. Ora el a mira ku e yu a gusta bata-ta hasá el a pone mas pa e yu. El a yena Mener su kòpi di kòfi sin e mester pidi'é i el a trese e bebida tan gustá di Miriam. Mai Yeye su aw'i lamunchi ku miel.

Ora Miriam a pruf esaki el a hisa su kara i hari. "Esta dushi nò, mi tabatin anhelá Mai Yeye su awa di lamunchi ku miel di flor di mondi."

Miriam tabata papia so. El a konta Chris hopi kos di Hulanda. Hende ku nan a konosé i lugánan ku nan a bishitá.

Ora kuminda a kaba Miriam a lanta for di mesa i kana bai brasa Mimina. "Mimina mi a sinti bo falta", el a bisa. Mimina a keda straño ku Miriam a dirigí su mes na dje, pero tòg kontentu. Asina e ku Miriam tabata na mucha, hopi aña pasá.

"Mimina awe nochi mi ke pa bo sinta ku mi riba pòrch, mi tin un kos di bisa bo." Miriam a bis'é promé ku el a bai drumi un ratu pa e skapa e kalor di mèrdia. Su yu Marian tambe a bai drumi kuné.

Despues di kuminda kayente Mener Chris a manda yama Mimina den su kantor. Tras di su mesa sintá el a parse mashá serio i profeshonal. Mimina a keda para un tiki inkómodo. Na nada Mener Chris no a parse e hòmber ku tantu emoshoná a brasa Mimina i a bis'é ku e ta stim'é.

"Mimina mi ke manda buska e muchanan. Ta muchu peligroso pa nan so ta aya. Mi a haña un barku i mi ta bai manda un investigador Benesuela i trese nan bèk. Mi no ke nan te aya." Mener Chris su stèm a zona ku peso. E tabata serio.

Mimina a keda pará kabes abou. E no tabata sa kiko pa bisa.

Pero tabata tin mas sorpresa. Mener Chris a sigui bisa, "Mi a yama bo pa bisa bo ku na Sint Maarten Franses nan lo duna katibunan libertat e siman aki. Mi ke pa bo sa ku den Punda tin un

komishon andando ku tin ku manda bisa Rei Wilhelmus kon nos ta
bai hasi pa laga e katibunan di Kòrsou liber. E hendenan di e
komishon aki a papia ku mi tambe. Nan ta papiando tur dia ku
hendenan den komunidat. E siman aki nan a papia ku pastornan
Katóliko, ku komersiantenan i hopi hende mas. Mi ta kere ku awor sí
sklabitut ta serka di terminá."

Mimina su kurason a kuminsá bati duru. Su pianan a
tambaliá. E no por a para mas. El a saka un man tene na e mesa i slep
sinta riba un stul. E notisia aki e no a spera. El a hisa kara wak Mener
Chris buskando evidensia ku ta un mal chansa esaki tabata òf e
bèrdat. Loke el a mira tabata un kara serio i sinsero ku tabata
buskando pa yud'é. E no por a kere. Den su kurason el a sinti
bèrgwensa di su trato pa ku Mener Chris den pasado.

Ata aki e hòmber ku el a sedusí, ku el a tenta ku su kurpa djis
pa ganashi propio. Ata aki e hòmber ku el a hasi su máksimo pa e no
haña un yu. Pa su matrimonio no duna fruta. Anto kon e hòmber a
trat'é awe? Komo un hende stimá.

Ku bèrgwensa el a duna Mener Chris e informashon ku e
tabata sa di paradero di su yunan.

Mes un atardi el a konta Fitó e bon notisia i anochi kachunan
tabata zona te mardugá. Un hòmber pretu liber a kana yega bou di
sombra di skur pa tende e notisia di katibunan ku lo ta liber pronto i
el a hiba esaki pa otro plantashi. Hopi tambú a zona i tabatin hende
ku a sinta kanta tambú te mardugá.

Kaiman djuku
Djuku kaiman
Mi n'ta laba tayó
Mi n' ta laba kònchi mas
Mi n' ta bari kas mas
Mi no ta katibu di Shon mas

Tambe nan a kanta:
Libertat galité
Shon muhé mes lo laba tayó
Libertat galité
Pushi mes lo laba tayó
Libertat galité

Shon hòmber mes lo laba koprá.

Alegria entre katibunan tabata grandi. Mas ainda ora notisia a yega ku na Sint Maarten katibunan a haña nan libertat kaba. Si esei a sosodé Kòrsou no por keda atras. E grupo di orashon tabata resa dia i anochi. Nan a traha diferente grupo i tur dia nan tabata topa bou di e palu di tamarein grandi i resa. Awor hopi katibu mas a kuminsá djòin e gruponan di orashon. Nan a kuminsá ripará ku e orashon a yuda tòg.

Kapítulo 23

Rekonsiliashon

Mimina sí, no a bai niun dje aktividatnan di katibu riba plantashi. Miriam a pidi'é pa e papia kuné. Mimina a laba i strika su bistí blanku di sirbi mesa i el a bai serka Miriam. Miriam tabata ke pa e sinta pero Mimina no tabata ke. El a keda para skucha Miriam.

Ora Miriam a kuminsá papia Mimina a slep sinta tòg. Si e lo no a sinta su pianan lo a sak den otro bou di dje. Miriam su palabranan tabata asina un sorpresa grandi p'e.

Miriam a bisa, "For di dia mi a kasa mi kasá a bisami ku e no ke pa nos tin katibu. Na Hulanda el a pidi mi bai un grupo di orashon den su misa." Miriam a sigui konta Mimina ku na Hulanda tabatin grupo di hende blanku den misa ku ta resando pa sklabitut kaba. Nan a skibi hopi karta i nan a pone preshon riba gobièrnu i rei. "Asta aki na Kòrsou tin un grupo di hende muhé na Punda ku tabata reuní ku e mes un meta. Nan tabata hende blanku pero nan tabata reuní ku tur hende ku ke, blanku i pretu."

Mimina su boka a kai habri. "Bèrdat?" El a puntra dudá. "Nunka mi no a tende e kos ei. Mi yunan a konta mi di un buki skibí na Merka ku tambe ta di hende blanku ku ke abolishon di sklabitut."

"Mi mes a mira algun hende pretu ku ta traha komo hende liber den Punda bin e reunion." Miriam a sigur'é. Mi mes a bai e reunion ei tambe. El a kana yega serka

Mimina i a saka un man dun'é. "Mimina, abo tabata mi mihó amiga i mi a trata bo malu. Nunka mi no a pidi pordon pa e bia aya ku mi a suta bo mal sutá asin'ei. Esei tabata robes. Mi a pidi Dios pordoná mi pero awor mi ke pidi abo pordoná mi."

Mimina no por a wanta mas, i el a kuminsá yora. Nan a brasa otro i tabata manera nan no a bai for di otro tur e añanan ei.

Mimina a konta Miriam di su yunan i kon e tabata sintié awor sin nan. Mener Chris lo manda buska nan pero niun hende no sa sigur na unda nan ta. El a konfia Miriam e sekretonan di su kurason. Kon el a hasi su yunan su Dios i awor e tabatin ku paga e preis pa esaki. Te mardugá nan a keda sinta papia.

Siguiente dia Mimina a konta Chichi tur kos. "Mai Chichi, mi a pidi Dios pordon awe. Mi ke haña pas ku Dios. Si mi muri promé ku mi ta liber mi ke duna Dios danki tòg. Mi a faya hopi i mi a neglishá hopi anto awor mi ta mira."

Chichi no por a kere su orea i un gradisimentu profundo a sali for di su kurason. El a kue Mimina su mannan tene i primi nan. Ku awa na wowo el a ofresé Mimina pa nan resa huntu. Asina na edat di 42 aña Mimina a drecha ku Dios. I el a sinti hopi duele di su aktonan.

Chichi a manda rospondi pa Mai Sila ku e bon notisia i tur hende a regosigá huntu. E grupo di orashon a duna Dios danki na tur manera i a risibí Mimina ku man habrí den nan grupo.

Mimina a bira un miembro di kurason di e grupo aki. Tur dia e tabata bai bou di palu di tamarein pa nan resa huntu. No solamente pa e situashonnan ku katibunan tabata pasa aden, pero e tabata resa hopi pa su yunan na Benesuela tambe.

Ku urgensia Mimina i henter e plantashi tabata warda rospondi di e investigador ku a bai Benesuela pa buska e muchanan. Hopi orashon a subi bai shelu i tur hende tabata yen di speransa. Pero dia tabata pasa i pasa sin un rospondi positivo di e investigador i sin ku e muchanan a bolbe kas.

Tempu di áwaseru a kuminsá i hopi bia mainta tabata friu i ku hopi serena. Mimina a papia ku Mener Chris i katibunan a haña pèrmit pa reuní den e wenkel mainta trempan. Asina nan por a skapa e serena di mardugá bou di palu di tamarein.

Algun hende pretu liber a kuminsá kana yega orashon i a trese relato di e situashon amargo ku nan tambe tabata pasa aden. No ta pasó nan ta hende liber tur kos tabata fásil. Kasi no tabatin lugá pa nan biba. Nan kasnan tabata chikí, kibrá i kalor. Tabatin yen bestia ta kana rònt. E kayanan tabata di tera i tabata yena ku awa asina un tiki áwaseru kai. E muchanan tabata bira malu konstantemente. No tabatin trabou i ora nan traha nan tabata haña mal pago. Nan no por konta òf skibi i hopi hende tabata hòrta nan. Hopi bia nan tabata drumi sin kome.

E katibunan no por a kere. Tur tabata ke libertat pero kon por ta ku nan lo ta mes òf mas malu ora nan ta liber? Awor ku nan a tende e situashon di katibunan liber nan a keda babuká. Algun a kuminsá pensa kon pa plania pa nan por tabata mas mihó prepará pa ora nan tabata liber.

Atrobe Mimina a papia ku Mener Chris i esaki a pèrmití e rumannan liber aki pa bin traha artesania den wenkel pa bende na plasa. Asina nan tambe por gana un tiki mas. Mimina mes a tuma riba dje pa traha bòter di zet'i koko pa bende. E ganashi e no tabata spar mas. E tabata duna e rumannan den nesesidat.

Un dia, Pe, un hòmber liber ku tabata fiel na orashon, a pasa den dia serka Mimina i pidi yudansa pa su nietu di seis aña ku tabata malu. E no tabata sa mas kiko pa hasi kuné. Ku pèrmit di Mener Chris, Mimina a bai den waha pa wak e mucha. Ora e mira e kaya ku nan tabata biba aden el a spanta. E no a pensa ku kos lo tabata asina malu. E kas tabata chikí, benout i e yu su kurpa tabata kayente. E kas tabata será i tabata hole malesa.

Mimina a haña un kompashon pa e famia. Nan tabata liber pero ainda nan situashon tabata mes un malu ku dia nan tabata katibu. Ni moda pa kuida e yu malu nan no tabata tin.

Mes ora Mimina a kuminsá habri bentana i laga lus di dia drenta pa e por wak e mucha. El a traha un kòmprès di yerba i awa kayente pa e mucha su pechu i el a dun'é un te di yerba. Ora di bai kas el a laga sufisiente yerba pa tratamentu di e yu pa e mama. Ketu ketu el a duna e wela di e mucha un saku ku algun batata dushi, siboyo i promentòn, sèldu i pampuna. "Traha un sòpi p'e, anto bosnan tambe kom'é pa boso no bira malu tambe." El a bisa. Asina e famia no por a sinta nan malu ku nan a haña kuminda grátis. Mimina a hasi manera ta remedi e sòpi tabata.

Su siguiente dia Mimina a keda pensa riba e mucha i el a bai wak e atrobe. Asina el a keda bai kasi tur dia te dia el a ripará ku e yu tabata for di peliger i tabata sinti su kurpa mas mihó.

Kanando pa yega kas di Shon Pe otro hendenan den kaya tabata papia ku Mimina pidiendo yudansa i promé ku Mimina tabata sa el a kuminsá ta trata diferente hende. Algun pa heridanan, otro pa doló di wesu, doló di lomba i pa sakamentu.

Mimina a wòrdu yamá pa yuda na algun Plantashi ku tambe tabatin hopi hende malu. Atrobe el a papia ku Mener Chris i a bira kustumber ku e tabata bai for di mainta te atardi pa kuida hende malu na diferente kaminda. Algun shon tabata pag'é pa su trabou i ora Mimina hiba e sèn pa Mener Chris, Mener tabata lag'é keda ku e sèn.

Mes ora Mimina tabata kumpra banana, aros i fruta pa hiba pa muchanan den situashon difísil.

Hopi tempu a pasa asin'ei.

Mimina a bira un muhé di orashon den wenkel. E no sa falta niun mardugá mas. Hopi hende a bin dependé di su fe pa nan tambe siña konfia den Dios. Tur ora Mimina tabata konta e testimonio kon el a kana dilanti di Dios i manda su yunan Benesuela i te awe nunka mas e no a tende nada di nan. E no sa mes si nan tabata na bida.

Pero su kurason di mama no a lag'é stòp di resa pa su yunan.

Maske kon Mener Chris a hasi su bèst e no por a lokalisá e muchanan na Benesuela . Despues di dos aña Mimina i su famia a kuminsá resigná ku nan lo no mira e hóbennan nunka mas.

Kapítulo 24

E Bèrdat

Na Kòrsou hopi hende tabata den espektativa di e libertat di katibu. Añanan a pasa i e speransa di libertat a bira mas i mas.
Katibunan kasi no tabata por a warda mas. Nan pasenshi a kaba. Hopi tabata huí na último momento tòg! Tin tabata riska nan bida den boto chikí bai Colombia òf Benesuela. Mimina tabata papia ku tur ku e sa ku tabata bai. E tabata manda deskripshon di su yunan i a pidi nan wak su yunan p'e i manda nan bèk.

Nada no a sosodé. Niun respondi. Nada di e muchanan.

Despues di dos aña Mener Chris a manda un otro investigador
pa bai buska e muchanan. E biaha aki e investigador ku el a manda tabata un Benesolano mes. Atrobe e grupo di orashon a bira masha aktivo pa nan resa pa lokalisá e muchanan. Despues di kasi un aña e investigador a regresá Kòrsou bèk, man bashí.

Nada di e muchanan.

Hopi tristesa.

Mimina su kurason di mama a desesperá. Den orashon i ku hopi fèrdrit el a keda sklama na Dios. Pero nada no a sosodé. E tabata tin ku tuma un desishon. Hasi pas ku Dios? Òf rabia ku Dios? Mimina sa bon bon ku no tabata Dios su falta. Ta e mes, den su rabia, a manda su yunan bai. Awor no a sobr'é nada mas ku konfia ku un dia Dios lo yud'é.

Den tur e kosnan aki ku tabata pasando Mimina i Mener Chris a sera un pakto di amistat masha bunita mes. Nan a siña konosé otro di un manera nobo. No tabatin nada mas di e relashon di katibu i shon entre nan. Tampoko no tabatin nada mas di un relashon pekaminoso romántiko entre nan. Ku ansha nan tabata spera e gran dia ku nan lo por ta legalmente huntu.

Mener Chris tambe a kansa di warda. Desesperá el a bin ku e propósito pa bai biba na Merka i kuminsá un bida nobo einan kaminda niun hende no konosé Mimina i e por pasa pa un hende blanku. Mener Chris a kuminsá hasi preparashon pa e bende tur propiedat na Kòrsou.

Pero Mimina no tabata ke, e no por bai laga su mama i wela. E no ke bai promé ku e mira su yunan bèk. E no ke huí i kuminsá un bida nobo ku un engaño. E kier a konfia ku Dios lo sak'é liber pronto.

Mener Chris si a kansa. El a manda rospondi pa su tata, Shon Moron, pa bin Kunuku pa nan deliberá kiko pa hasi. Ora Shon Moron a bin Kunuku, Mener Chris a kont'é di su plannan. "Pai, bo sa ku mi tin yu ku e katibu Mimina. Bo sa ku mi no tin mas yu. Mi no ke kasa mas tampoko si no ta ku Mimina. Pero e ta katibu ainda. Mi a pensa pa nos bai biba na Merka kaminda mi por hasi manera e ta un latina i kasa ku n'e."

Shon Moron su boka a kai habri. Su koló a bira kòrá i despues blanku. Su frenta tabata di reis i su wowonan a supla kandela.

"Ta loko bo ta Chris?" Shon Moron a grita. "Hopi aña bo ta manera bisiá riba e mucha ei. Pero ta katibu e ta i e ta keda. Mi no tin kunes ku e tin yu ku bo. Abo ta shon. Bo no por kasa ku katibu. Esta bèrgwensa no. Ta pa esaki mi a traha henter mi bida? Mi yu kasá ilegalmente ku un katibu skondí na Merka?"

Pero Mener Chris a disidí kaba. E ke bende tur kos. E no a laga e rabia di Shon Moron kibra su plan.

Palabranan grave a zona e anochi ei den kas. Shon Moron tabata grita i Mener Chris a grita bèk. Niun no a skucha otro. Nan no a yega na un solushon.

"Pápa, kuantu bes bo mes a kontami kon e hendenan aki a kuida nos famia ku amor." Mener Chris a wak sutata duru den kara i Moron a kita wowo promé. "Nan a kuida Oma Jana, Oma Jo, Opa pe i tambe Mama i Mi riam for di dia nos a nase. Ta hende nan ta. Ta nos a kue nan hasi katibu. Nan no meresé. Si bo ke mi bon mi ta pidibo firma Mimina su karta di libertat p'e. Mi a buska su papelnan pa mi mes hasié pero mi no tin nan. Awèl ta Pápa mes mester dun'é su libertat. Mi no ke warda mas riba abolishon di katibu. Mi no ke warda mas, henter mi bida a pasa mi bai." Chris a sigui bisa emoshoná.

Shon Moron a habri su boka pa e papia. Pero diripiente el a keda ketu i pasa su man na su kachete. El a kòrda riba e karta ku el a risibí tantu aña pasá ku Shon Pe a manda p'e. El a pasa man riba su kabes i wak leu.

Mener Chris a ripará ku su tata tabata pensa leu. E tambe a keda ketu sperando e kontesta di su tata.

Ta reina un silensio largu. Despues Shon Moron a bula lanta i kana bai den kantor. Eiden ainda e tabatin un eskritorio privá. El a saka un yabi chikí for di un bòshi di yabi kologá na su karson. El a habri un lachi i primi un tiki den e bòm di e lachi pa e habri un kompartimento sekreto.

Mener Chris ku a siguié a keda para wak ku atenshon. El a pasa su man den su kabei ku a keda para règt riba su kabes. E no a komprondé kiko tabata pasando pero el a ripará ku Shon Moron tabata hasiendo algu ku masha konsentrashon. For di e lachi sekreto Shon Moron a saka un karta den un ènvelòp blou. El a duna Mener Chris e karta.

Mener Chris a saka man tuma e karta i a keda wak e ènvelòp dudá. "Kiko esaki ta?" el a puntra. "Ta un karta di Opa Pe? Kiko tin aden, dikon Pápa ta duna'mi esaki?"

"Habri'é i les'é." Su tata a bisé. "No rabia muchu ku mi pasó mi no tabata por mihó e tempu ei. Ku bosnan mama malu i Miriam un yu delikado i difísil, mi a hasi loke mi mester a hasi pa kuida mi famia."

Awor sí, Mener Chris tabata niuskir. El a habri e ènvelòp i saka un papel blou fini ku lèter tur blikiá. El a kana bai mas den lus pa e lesa e karta. El a rekonosé kaba ku ta un karta di su tawela Shon Pe. Hopi bia el a yega di mira karta skibí pa Shon Pe. Ansioso pa sa ta kiko, el a kuminsá lesa.

Shon Moron a kai sinta man na kabes i tabata wak abou.

Ora Mener Chris kaba di lesa e karta el a keda pará ketu wak su tata.

"Tur e tempu bo a laga mi biba den angustia anto bo tabata sa e kos aki?"

Mener Chris su stèm tabata bas i será. Su ardunan riba su frenta a lanta para i su kara tabata hinchá. "Mimina no ta un katibu?

E no ta propiedat di niun hende? Anto abo a mal us'é pa e traha pa nos sin niun pago anto lag'é kere ku e ta un katibu?"

Shon Moron a baha kabes. E kier a bolbe splika su situashon pero Mener Chris no kier a tende mas.

Mener Chris a kuminsá kana bai bin. Diripiente el a keda para ketu. "Bo ta bisando mi ku mi yunan ta yunan liber? Ku mi por a kasa i biba ku mi yunan tur e tempu ku a pasa?" Mener Chris a klap su mannan den otro i laga bai. El a sera su moketa i kuminsá bati e muraya, El a sakudí su kabes. Sin sa ki ora el a kue un stul i kuminsá bati den muraya, gritando. Ora su tata a purba ten'é el a pusha su tata ku forsa un banda i ku stap grandi el a kana sali kantor laga su tata einan i dal e porta sera. Rubi ku a kore bin wak kiko ta pasando a wòrdu pushá un banda i a kasi kai.

Shon Moron a kore bai tras di Chris i purba papia kuné. Pero Chris a dal su porta di kamber sera i no a habri porta. Henter kas por a tende zonido di kosnan ku a wòrdu kibrá den kamber. Ratu ratu zonido di un gruñamentu tabata yega te pafó i tur hende tabata pará pafó di Mener Chris su kamber sin ke drenta.

Ora Shon Moron a bolbe purba habri e porta pa e papia ku su yu, esaki a tira un vas di glas i dal e kibra den e porta. Kasi e vas a dal su tata. Despues di esaki nan a tende kon stul a dal den muraya i zonido di palu ku tabata kibra.

Ta te ora Mimina a regresá Kunuku despues di un dia largu na un otro Kunuku, nan a manda yam'é pa e purba papia ku Mener Chris. Mimina a habri porta poko poko i el a mira Mener Chris drumí abou. E tabata na soño. Su mannan tabata na sanger i e kamber tabata kompletamente destruí. Tur kos tabata kibrá i bentá abou. Poko poko Mimina a lanta Mener Chris i bras'é. Nan a brasa otro sin por stòp. Mener Chris a habri Mimina su kabeinan i a pasa man den dje. E no sa kon pa e bisa Mimina e notisia. Un ratu mas el a gosa di e presensia trankil di Mimina. Pa promé bia den hopi dia el a sunchi Mimina atrobe i nan tur dos a keda profundamente toká pa e eksperensia ei.

Mimina tabatin ku lòs su mes ku urgensia pa e situashon no bai for di man. E tabata sa ku lo tabata fásil pa e lubidá e promesa ku e tambe a hasi Dios di mantené su bida limpi dilanti di Dios te dia e kasa.

Mimina a kuminsá piki kos den e kamber i pone mesa i stul bèk na nan lugá. E kos nan ku tabata kibrá el a pone huntu den huki pa despues e pidi Fitó drecha nan. E lampinan si no a sobreviví e rabia di Mener Chris. Mimina a bai den kushina i buska lampi nobo paso Mener Chris gusta lesa anochi den kama. E tabatin yen gana di sa kiko a pasa ku Mener Chris ku el a komportá su mes asin'ei pero e no ke puntra.

Ta te su siguiente dia Mener Chris i Shon Moron a pone Mimina i Chichi sinta pa duna nan e notisia.

Mimina i Chichi a yora so. Nan no tabata sa kiko pa bisa. Un bida dispidí. Un bida ku por a bai den libertat. Mimina tabata kòrda riba su yunan i e desishon robes ku el a tuma i el a yora so.

Mener Chris no por a konsol'é. E no por a wak niun di nan dos den nan kara. Mimina tabatin ku dominá su mes mashá pa e no hasi meskos ku Mener Chris a hasi i bati tur kos kibra i mata e hòmber sinbèrgwensa ei.

Kabes abou tur dos a kana bai den nan kamber.

Einan nan a papia te mardugá. Su siguiente dia nan a manda buska Mai Sila for di Punda. Tanten nan tabata warda Mai Sila yega nan a keda traha gewon den kas grandi. Kiko otro nan konosé? Unda nan por bai? Kiko nan por hasi? Nan no tabata prepará.

Mimina tabatin hopi rabia. E rabia bieu a tuma kòntròl bèk di dje. E notisia a plama manera huma den Kunuku. Kon e Kunuku a haña sa dje lihé ei niun hende no sa i Mimina no a wòri tampoko. Kabes abou el a kana. E tabata hasi su trabounan sin para ketu kiko e tabata hasiendo. E no por tabata kontentu pa e notisia. E manera ku e notisia a yega a kòrta su kurason. "Mai Yeye a muri sin sa." El a realisá i awa tabata basha for di su wowo.

Ku hansha nan tabata warda Mai Sila bin for di Punda pa papia. Ora porfin despues di dos dia Mai Sila a kore yega hanshá pa wak ta kiko a pasa, e tambe a haña e notisia. E tabatin ku sinta pa e kaba di komprondé. Nan tur tabata yora huntu. Niun hende no tabata sa si ta bèrdat òf nò.

Mai Sila a keda na Kunuku serka nan. Den dia e tabata bai bishitá hende malu ku Mimina. El a ripará ku e rabia bieu a tuma lugá un bia mas den kurason di Mimina i e tabata buska palabra pa yud'é. Pero Mimina tabata hopi rabiá.

Nada ku Mai Sila bisa no a yuda.

Mimina tabata mira sanger su dilanti. E no a papia ku Mener Chris ni su tata mas. E no a atendé ku niun hende. E no a bai grupo di orashon.

Anochi e tres muhénan a sinta bou di palu di tamarein i nan a bolbe papia kiko pa hasi. Tolondrá nan a purba traha plan. Nan mester keda biba na Kunuku? Nan mester bai biba na Punda? Pero na unda? Tur bruá e muhénan a keda wak otro.

"Mara shon Moron por kai muri. Hopi sin bèrgwensa e ta. Kon e por a laga Mai Yeye muri sin sa ku e ta un hende liber?" Ku rabia Mimina tabata para tira piedra den mondi.

"Mimina kòrda bon ku esun ku ta sin piká so, por tira e promé piedra. Nunka bo no a hasi nada ku bo tin bèrg wensa di dje? Nunka bo no a laga un hende muri sin saka man yud'é?" Mai Sila a keda wak Mimina serio den su kara.

Manera un palu e palabranan a dal Mimina.

Diripiente el a kòrda e kòpi di yerba pretu ku e tabata duna *Mefrou* Elysabeth bebe tur dia. El a kòrda kon el a gosa ora *Mefrou* a keda sin haña yu hopi aña largu. Kuantu *Mefrou* no lo a sufri ora e no por tabatin su mes yunan? Mimina a kòrda kon e tabata mira su *Mefrou* sintá su so den su kamber den un soledat profundo. Dios sa kuantu lágrima el a laga den su kamber ora añanan a pasa sin e haña yu. Dios sa ku no ta esei a hasié malu ku despues el a muri sin laga niun yu atras. Kondena di piká a konvensé Mimina di su mes kurason duru durante tur e añanan ei. El a kai na rudia i yora. Su mamanan no por a konsol'é. Henter anochi el a keda tristu i e tabata pidi Dios pordon.

Su siguiente dia el a pidi pa papia ku Mener Chris. E la disidí di konta Mener Chris tur kos. Si nan tabatin ku ta huntu no mester tin sekreto entre di nan.

Mener Chris a keda babuká di tende.

"Mimina kon bo por a hasi e kos ei?" Mener Chris su kurpa a rel. "Mi a stima bo semper anto abo a sòru pa mi no tin yu. Ni ku mi kasá, ni ku bo. Awor mi a bira bieu sin ni un yu. Abo ta kulpabel di tur dos." Palabra nan duru a zona i a kòrta den kurason di tur dos.

"Ata bosnan a mal usá nos henter bosnan bida. Dikon bo ta kere ku nos mester a trata bosnan bon?" Mimina a bora Chris ku wowo di kandela. "Djis pasó nos ta bon hende bosnan a abusá di nos. Kualke un otro katibu lo a hasi brua pa bo kasá pero ami a dun'é un te so pa bebe. Bo sa kiko ta nifiká di ta katibu? Di ta propiedat di hende? Bo ta sinti bo mashá orguyoso pasó bo ta kere ku bo ta un bon shon! Bo ta kere ku si bo trata nos bon, bo ta bon hende. Pero nada no ta kambia. Bo ta keda doño di hende. Bo no ta un bon shon Chris. Bo ta un hende ku ta doño di hende. Bin bei. Abo i bo famia a abusá di nos. Bo kier sa ku bo ta asina bon? Pero hendenan den e kasnan di nos shonnan 'bon hende' a abusá di mi mama sin ku e por a hasi nada. Ami ta un produkto di sklabitut. Bo ta mes mal hende ku kualke un shon. Dikon bo tin katibu? Bo no sa ku ta hende nos ta? Dikon bo no ta paga nos pa traha pa bo? Wèl nò bin papia ku mi tokante di "kon mi por a hasi e kos ei"? Paso e tempu ei mi mester a hasi loke mi tabata por pa mi keda na bida. Pa mi tene mi dignidat. Bo ta kòrda kon humiliá mi tabata? Bo ta kòrda kon mi mester a traha katibu pa bo ruman? Kon mi a kome sla? Mi a hasi loke mi tabata pensa ta bon."

"Mimina bo tin rason. Mi ta mes mal hende ku kualke shon i kualke hende. Mi no ke tira e promé piedra..." Chris no por a kaba di papia.

Paso ora el a bisa "promé piedra" Mimina a basha na yoramentu. El a kòrda ku Dios a konvensé di su piká. Anto até aki pará ta konvensé Chris di su bondat.

"Chris pordoná mi, pordoná mi, mi no tabata sa kiko mi tabata hasi. Mi a hasi malu ku bo y bo *Mefrou*. Mi a laga diabel usami pa hasi e kos ei. Mi tambe ta mal hende, mes un mal hende ku abo."

Ketu nan tur dos a kai sinta riba pòrch. Mimina i Chris tur dos tabata yora un tiki i tur dos tabata resa un tiki. Nan mester a yega na pas ku e pasado i esaki no a bai dje lihé ei.

Ketu ketu Mimina a lanta bai den su kuarto i a keda yora na Dios pidiendo pordon.

Kapítulo 25

Futuro

E muhénan di medisina mester a sinta papia pa tuma un desishon tokante di nan futuro. Mai Sila no tabata ke bai biba komo hende liber pasó su kasá tabata katibu ainda. Shon Moron a bai di akuerdo pa lag'é kumpra su mes libertat na un preis mashá abou mes, pero nan lo mester traha pa sera e sèn ei. Shon Moron lo lag'é keda traha komo Fitó pa e negoshinan. Mai Sila tambe por sigui traha su mes trabou pero awor e lo wòrdu pagá.

Mimina si, no ke keda riba Kunuku. E no sa kiko pa pensa. E tabata kontentu di ta liber pero tristu di ta den e situashon ei. Huntu ku Fitó nan a disidí di buska un kas pa Mimina i Chichi bai biba aden. Nan a laga buska un katibu ku tabata liber basta tempu kaba, Boyois, pa yuda nan haña un kas pa biba. Nan no tabata tin hopi sèn pero nan a logra haña un kasita pa nan keda aden na Punda. Fitó mes a bai hopi bia einan bai drecha kos na e kas. Portanan tabata kibrá i no tabatin slòt. Bentananan tabata kibrá i será ku palu. No tabatin awa anto e kaya tabata smal i sushi. Pero esei tabata e úniko kas ku e muhénan a logra haña.

Shon Moron a manda un karta pa nan i kada un a risibí un kantidat grandi di sèn. Mimina a ninga di tuma e sèn. Chichi tampoko no tabata kier di dje. Despues di hopi papiamentu nan a disidí di duna Fitó e sèn pa e por kumpra su libertat mesora!

E dia di muda a kana yega lihé. Ketu sin masha fanfare, e muhénan a pone nan tiki propiedat riba waha ku Fitó a fia di Mener i nan a kana bisa tur e katibunan ayó. Tabata tin hopi yoramentu.

Mimina a skohe un dia ku Mener Chris tabata na Punda, ya e no mester a bisa ayó.

E kas nobo tabata pèrtá i kalor. Pero Mimina a kuminsá traha zeta dushi i habon mésora pa nan por sigui bende na plasa.

Chichi a sigui bishitá hendenan malu i tur sèn ku nan haña nan tabata usa pa paga e kas i biba ku n'e.

Asina tempu a pasa sin ku nan a tende nada mas di nan Kunuku bieu òf nan shonnan. Mai Sila i Fitó tambe a buska un kas. Nan a kuminsá un tienda chikí kaminda nan tabata bende kuminda, zeta, habon i kosnan di kas trahá di kalbas. Maske kon bon Shon Moron a trata nan despues nan no kier a keda mas. Nan kier a eksperensiá libertat i bida riba nan mes. Fitó a konta Mimina despues di dia, ku Mener Chris no tabata na Kòrsou. El a bai Merka pa fakansi.

Un aña a pasa den kual Mimina i Chichi mester a siña ta hende liber. Awor nan por a kumpra paña floriá pa nan bisti pero e sèn tabata skars. Asina nan a keda bisti nan shimisnan di katibu pa traha aden. Awor nan por a lanta ki ora ku nan ke pero nan kustumber tabata pone nan lanta 4'or di mardugá tòg. Awor nan por keda sin laba tayó mas pero nan kushina tabata limpi limpi. Nan a kustumbrá di traha i nan no por a stòp.

Algun katibu a bin bishitá Mimina den sekreto pidiendo yudansa pa nan por huí.

"Pero pronto boso tambe ta bai ta liber", Mimina a splika nan. "No huí, hasi orashon. Sigui konfia Dios. Tin speransa." Mimina a konta nan di e peligernan i kon su yunan a disparsé sin nunka mas a tende di nan. Ya pa hopi aña kaba.

Pero algun katibu tabata asina hartá di e situashon ku nan a huí tòg! Nan tabata kore bai laga nan shon. Hopi shon no tabata manda kachó mas tras di nan. Tin shon tabata primintí nan sèn si nan bin bèk paso e shonnan tabata ke tin mas tantu katibu posibel. Dia libertat di katibu bira realidat kada shon lo por haña sèn for di gobièrnu pa kada katibu bibu ku e tin.

Mimina a purba aliviá e pena di e katibunan ku bin papia ku n'e. E tabata duna nan kuminda, trata nan malesanan, bishitá nan bou di skuridat i trese habon pa nan. Tur bia e tabata sinta resa ku nan. Ounke ku e sa ku hopi di nan tabata kere den tur sorto di kos. Diosnan di palu, trahá pa man di hende. Hopi katibu tabata konfia mashá den ritualnan ku nan a bin ku n'e for di Afrika òf ku nan a siña. Pero Mimina tabata resa pa nan i ku nan. I maske hopi hende no por a kere den e "religion di hende blanku ei" nan tabata sinti nan bon ku e atenshon di Mimina i e yudansa ku e tabata brinda.

Kapítulo 26

Un Sorpresa

Un dia Fitó a bolbe bishitá nan pa bisa nan ku Chris a regresá Kòrsou i ku e ke pa tur hende bai papia ku n'e.

Ku un kurason ku tabata bati duru, i ku sodó na nan frenta, Mimina, Chichi i Sila a subi tereno di e Kunuku ku nan a biba aden gran parti di nan bida. Tabata straño pa ta den e ambiente aki atrobe. Nan tabata wak rònt. Esaki tabata e lugá ku semper nan a biba, ta p'esei tur kos tabata familiar pero tur kos tabata straño alabes. Nan amigunan a kore bin kumindá nan. Nan a wòrdu risibí manera hende importante. Nan a drenta kas grandi di porta dilanti. Mener Chris mes tabata pará einan ku porta habrí pa nan pasa. Riba pòrch e muhénan a kai sinta. Fitó tambe a bin pa kompañá nan.

Rubi a sirbi nan. Mimina a tene Rubi su man duru ora el a tuma su glas. El a sinti e rebeldia den Rubi. Ainda e tabata katibu anto e ta mira Mimina i e otronan komo hende liber. Mimina a primi su man i anim'é. "No ta dura hopi mas Rubi. Tene pasenshi. Kòrda riba esun ku a muri pa nos na e krus. E ta sali pa nos. Nos tur ta su katibu tòg, mi tambe."

Mener Chris a sinta wak. Su wowonan tabata yen di kompashon pa loke el a mira sosodé su dilanti. E tambe tabata komprondé bon bon e angustia di e katibunan.

"Uhum.." El a tosa un tiki i yama atenshon.

"Mi rumannan," el a bisa, "mi a manda yama boso asina ku mi a yega. Mi tin gran notisia." Mener Chris a keda ketu i wak rònt. Tur wowo tabata riba dje. Tur hende ke a sa ta kiko tabata e notisia.

"Mi a lokalisá e muchanan." Mener Chris a bisa i a keda wak Mimina den su kara.

A dura un ratu pa Mimina komprondé kiko Mener Chris tabata papiando di dje.

Pero djis despues tur tres muhé a lanta para i kuminsá grita.

"Aiiiiiiiiiiiiii, e muchanan? Robbi, Ròni, Jack?"

"Nan ta bon?"

"Unda nan ta?"

"Ki dia nos por mira nan?"

"Na unda nan tabata?"

Pregunta i mas pregunta.

Mimina a kai na su rudia i kuminsá gradisí Dios na bos haltu tanten awa tabata basha for di su wowonan.

"E muchanan ta bon," Mener Chris a bisa. "Nan ta yega Kòrsou otro siman riba barku for di Merka. Mi a kumpra nan."

Mes ora tur hende a keda ketu.

Un spantu a drenta nan kurason.

Un silensio a reina.

"Kumpra nan?" Mai Sila a puntra ku stèm chikí.

"Si mi a kumpra nan. Nan tabata katibu i mi mester a kumpra nan. Laga mi konta boso. "Ora e di tres investigador a bini bèk Kòrsou sin por haña un rasgo di e muchanan el a sugerí mi pa wak na Merka pasó e tabata pensa ku e muchanan no a yega Benesuela nunka. El a pensa ku nan a wòrdu bendé den sklabitut bèk for di aki na haf. El a pensa esaki pasó e no por a haña niun hende ku a mira e muchanan bai for di Kòrsou. Anto e úniko barku ku a sali e dianan ei for di haf tabata un ku a bai Merka.

E ora ei mi mes a bai Merka pa buska un investigador einan pa hasi e trabou anto nos a logra lokalisá e kapitan di e boto ku a kòrda ku el a kumpra tres katibu bon eduká na Kòrsou. E ora ei e kapitan aki a yuda nos. Nos mester a biaha simannan den garoshi i kabai pa nos bai te kaminda e muchanan tabata."

Mener Chris a keda ketu un ratu. E tabatin tur atenshon di e hendenan ku tabata sintá einan ta skuch'é.

"Bo a mira mi yunan?" Mimina no por kere.

"Si Mimina, nan ta bon, mi a mira nan. Nan tabata traha te na Vermont den kòkou. Nan ta bon. Hopi tristu si, ku nan no tabata sa kon pa laga boso sa kiko a para di nan. Robbi a bisami ku el a skibi hopi bia ora un katibu hui òf ora un hende pasa e Kunuku. Pero niun di e kartanan ei a logra yega un pòstkantor pa nan yega Kòrsou."

"E muchanan ta bon?" Mai Sila ke sa sigur. "Dikon Mener

Chris no a bin ku nan anto?"

"E muchanan ta bon pero e doño no kier a bende nan. Ta nan ta su man drechi i nan ta hasi tur tur kos p'e. Nan a resultá di ta masha bon trahadó." Den Mener Chris su stèm tabata zona un orguyo di un tata.

"Mi mester a biaha bai buska e doño di nan i despues ku mi a splik'e ku e muchanan no ta katibu pero ku ta ami ta nan tata..." einan Mener Chris a keda ketu i wak Mimina un tiki djabou. El a peilu Mimina su reakshon riba su menshon di ta tata, "e ora ei el a pèrmití mi kumpra e muchanan bèk. Mi no por a bin ku nan riba e barku aki pasó tur pasashi tabata yen pero mi a laga nan ku mi investigador na New York i nan barku lo yega otro siman. Mi tabata ke pa nos ta prepará pa risibí nan."

Chichi a lanta para i brasa Mener Chris duru. E no por a papia. E tabata emoshoná. Mimina i Sila a keda pará brasá. Niun no por a kere. Niun di dos no a konfia laga e otro lòs pasó nan pianan tabata tembla.

"Danki Chris, danki, Dios bendishoná bo. Mi ta pidi Dios bendishoná bo pasó maske kiko mi a hasi ku bo, abo a sabi di ta un kristian bèrdadero i buska mi yunan pa mi."

Mener Chris a pidi Rubi drecha dos kamber den kas pa e bishitanan. Pa promé bia den nan bida nan mes tabata bishita den e kas ku nan a traha aden komo katibu pa hopi aña. Kasi nan no por a drumi den e kamber ei. Chichi kier a pone un kama di habri abou den un huki. El a sintié malu di por drumi den un kama blanku asin'ei ku matras di dòns i klechi blanku di katuna. Nunka ainda nan a drumi den un kama ku tabata asina moli i suave. Mimina ku si a yega di drumi den kas den kamber di mener Chris a konvensé Chichi pa bin drumi den e kama.

E dia ei e muhénan a keda sinta papia te lat. Nan no por a kere e bon notisia.

Mainta trempan nan a bai den wenkel i yama tur ruman pa huntu nan duna Dios gradisímentu. Tur hende tabata di fiesta.

Anochi Mimina a papia ku su mama i wela, "Mai Sila, ta Mener Chris a kumpra e muchanan, esei ta hasi ku nan ta su katibunan atrobe. Pero nos ta hende liber awor.

Na unda e muchanan ta bai biba?"

Mai Sila i Chichi a keda ketu pará ta wak. Nan no a pensa e kos ei.

"E muchanan no tabata katibu, Mimina. Ta hende a hòrta nan i bende nan komo katibu na e barku merikano ei."

"Si Mai, bo tin rason pero awor sí Mener Chris a paga pa nan, anto na dòler. El a paga e barku pa nan bin Kòrsou bèk kuné tambe. Kon nos ta hasi pag'é bèk? Of Mai ta kere mi mester bai papia ku Mener Chris?"

Deliberashonnan a sigui pero niun hende no tabata sa kon mester solushoná e dilema. Nan a hasi orashon sin yega na un solushon.

Pero pa su siguiente dia e problema a wòrdu solushoná. Mener Chris a manda yama Mimina i Chichi. El a ofresé nan pa biba na rant di kunuku huntu ku e mucha hòmbernan komo hende liber. Mener Chris lo laga su katibunan drecha un kasita ku tabatin einan i hasié mas rùim, drecha e dak i traha un baño.

Ta sigui un par di dia di preparashon i trabou duru. Boyois a yuda e hende muhénan muda i Mai Sila a traha tur matras i kama pa e muchanan.

Mimina a bai papia ku Mener Chris pa regla tur kos pa yegada di e muchanan. E relashon entre di nan dos a bolbe kuminsá drecha bèk. Tiki tiki nan a sinti ku e amis tat di semper ke lanta kabes atrobe. Tòg niun di dos no a riska tuma e inisiativa pa drecha kos. Mimina tabata sinti ku awor e debe Mener Chris pero ei mes e no por warda pa wak su yunan. Poko poko el a kana yega serka di Mener Chris i saka su man. "Danki Chris, masha danki mes. Pordoná mi pa tur kos. Pordoná mi. Awor mi a mira ku abo ta un tata di bèrdat. Bo a buska te haña nos yunan. Dios bendishoná bo. Danki ku bo a duna nan libertat."

Mener Chris a kue su man tene i primié. "Mimina bo sa, mi mes no ta komprondé. Pero loke mi sa ta ku e sistema di sklabitut aki a hasi nos tur kurason duru. E sistema aki a sòru pa nos kambia. Nos famia a hasi kos ku nos no ta orguyoso di dje. Abo a hasi kos ku bo tin bèrgwensa di dje. Mi ke mi pordoná bo. Anto ami ke pa abo tambe purba pordoná mi. Mas ainda mi ke pa nos sigui papia. Pa nos wak kon leu nos por yega. Mi ke bo pèrmití mi bishitá abo i bo yunan. Y si despues di un tempu nos tur dos ke nos por sigui ku otro i di e forma ei duna nos yunan un futuro mihó. Laga nos konosé otro trankil komo hende liber."

Mimina no por a papia. E tabata emoshoná. Pero el a primi Mener Chris su man i e a sakudí su kabes ku e ke.

Asina e aña ei a kaba. Huntu ku e muchanan Mimina a kuminsá un bida nobo. Un bida komo famia liber i Mener Chris tabata bishitá nan kasi tur dia. Kontentu nan a risibí e notisia ku e plannan tabata serio ku e siguiente aña tur katibu lo tabata liber.

Chris i Mimina a kana bai riba seru i nan a hinka rudia i resa huntu. Abou den kurá nan a mira nan tres yu hòmber ku tabata tra-ha, kuidando nan bèrduranan. Huntu nan a duna Dios danki pa nan yunan.

Epílogo:

Dia promé di yüli 1863 solo a sali riba un grupo di hende liber. Pretu i blanku.

Aunke Mai Yeye no por a presensiá e dia aki mas, Mai Sila, grandi i ku mashá leimentu, Chichi i Mimina a para huntu riba plen-chi di misa pa tende pastor lesa e dokumentu importante aki. Nan no por a ni yora, ni hari. Tantu tempu nan a spera e dia aki yega.

Dia dos di yüli 1863 Mener Chris a pidi Mimina pa kasa kuné. Mimina a aseptá.

Pasó el a siña stima Mener Chris. No pa KOS pero pa DIOS.

Lightning Source UK Ltd.
Milton Keynes UK
UKHW011952290921
391396UK00002B/82